봄

가을

신경림 시인이
가려 뽑은
인간적으로 좋은 글

좋은 글

최인호 · 신영복 · 김수환 · 법정 · 손석희 · 이해인 외 지음 | 신경림 엮음

책읽는섬

나를 '뭉클'의 도가니로 몰아넣었던 산문을 찾아서

나를 문학의 길로 들어서게 한 데는 선행 시의 힘이 물론 컸지만 산문의 영향도 그에 못지않았다. 기령 김기림의 「길」이나 정지용의 산문들을 읽었을 때 뭉클하게 가슴에 와닿던 감동을 나는 지금도 잊지 못한다. 시를 공부하면서 틈틈이 산문을 써보는 것이 내 문학수업의 주요한 내용이 되었다. 고교시절 어떤 문예 콩쿠르 산문 부문에 당선되었을 때 뛸 듯이 기뻐했던 일은 지금 돌아봐도 즐거운 추억이다.

그래서 종종 뭉클하게 가슴에 와닿던 산문을 다시 읽고 싶어질 때가 있어 찾아보았지만, 쉽게 찾을 수가 없었다. 시라면 좋은 선집이 많이 나와 있어 마음만 먹으면 언제든지 꺼내 읽을 수가 있지만, 산문은 그렇지 못해 늘 아쉬웠다.

함명춘 시인과 만난 자리에서 이런 얘기를 했더니, 그 역시 시 못지않게 감동을 받았던 산문들이 그를 시인으로 키우는 데 큰 몫을 했다고 고백했다. 그는 특히 성직자나 화가, 음악가 등 비문인의 산문을 읽었을 때의 감동을 많이 얘기했는데 생각해보면 나도 나비박사 석주명이며 화가 김용준 그리고 민요학자 고정옥 같은 전문 문학인이 아닌 사람들의 산문을 읽고 무척 감동했던 경험이 있다.

이런 얘기 끝에 우리가 그렇듯 감동을 받았던 글들을 쉽게 찾아 읽을 수 있는 책을 엮어보자는 생각을 하게 되었다. 『뭉클』은 이렇게 해서 만들어졌다.

그러나 그것은 생각처럼 쉬운 일이 아니었다. 글을 다시 찾아내기도 어려웠지만 막상 찾고 보면 실제 글과 기억 속의 글이 다른 경우도 없지 않았다. 대체로 오래전에 가슴을 뭉클하게 만들었던 글들은 지금 읽어도 감동이 여전하다는 것을 확인하면서 책을 엮는 기쁨을 맛보았다. 글을 선^選하는 기준은 어디까지나 '문학적' 이 아니고 '뭉클'임은 말할 것도 없다. 사실 '뭉클' 은 '문학적' 보다도 한 자리 위의 개념일 터이다.

이 책은 권민경 시인의 도움이 없었다면 만들지 못했을 것이다.

권 시인은 도서관을 오가며 내가 가까스로 저자와 제목을 기억하는 글들을 찾아냈을 뿐 아니라 깜빡 잊고 있던 글까지 찾아줘 이 책을 풍성하게 만들어주었다. 여간 어렵고 번거로운 일이 아니었을 텐데 고마움을 전한다.

2017년 3월

신경림

차례

3부 사람, 늘 그리운 나무

1부

품속에서 꺼낸 삶의 한 잎

01

필승 전前

김유정[*]

 필승아.
 나는 날로 몸이 꺼진다.
 이제는 자리에서 일어나기조차 자유롭지가 못하다.
 밤에는 불면증으로 하여 괴로운 시간을 원망하고 누워 있다.
 그리고 맹열이다. 아무리 생각해도 딱한 일이다.
 이러다가는 안 되겠다. 달리 도리를 차리지 않으면 이 몸을 다시는 일으키기 어렵겠다.

 필승아.
 나는 참말로 일어나고 싶다. 지금 나는 병마와 최후 담판이다.
 홍패가 이 고비에 달려 있음을 내가 잘 안다.

[*] 1908~1937. 소설가.

나에게는 돈이 시급히 필요하다. 그 돈이 없는 것이다.

필승아.
내가 돈 100원을 만들어볼 작정이다.
동무를 사랑하는 마음으로 네가 좀 조력하여주기 바란다.
또다시 탐정소설을 번역해보고 싶다.
그 외에는 다른 길이 없는 것이다. 허니, 네가 보던 중 아주 대중화되고, 흥미 있는 걸로 한 두어 권 보내주기 바란다.
그러면 내 50일 이내로 번역하여, 너의 손으로 가게 해주마. 하거든 네가 극력 주선하여 돈으로 바꿔서 보내다오.

필승아.
물론 이것이 무리임을 잘 안다. 무리를 하면 병을 더친다.
그러나 그 병을 위하여 무리를 하지 않으면 안 되는 나의 몸이다.
그 돈이 되면 우선 닭을 한 30마리 고아먹겠다.
그리고 땅꾼을 들여 살모사, 구렁이를 10여 못 먹어보겠다.
그래야 내가 다시 살아날 것이다.
그리고 궁둥이가 쑥쑥구리 돈을 잡아먹는다.
돈, 돈, 슬픈 일이다.

필승아.

나는 지금 막다른 골목에 맞닥뜨렸다.

나로 하여금 너의 팔에 의지하여 광명을 찾게 해다오.

나는 요즘 가끔 울고 누워 있다.

모두가 답답한 사정이다.

반가운 소식 전해다오.

기다리마.

3월 18일

김유정으로부터

02

가을의 저쪽[*]

박형준[**]

　내게 가을은 코스모스와 사금파리로 온다. 그 밤은 깊었다. 누이
가 시집 가기 전에 고향에 잠깐 내려와 있을 때였다. 그녀는 누이
옆에 앉아 누이와 함께 뜨개질을 하고 있었다. 바늘코를 움직일 때
마다 긴 머리카락이 늘어뜨려져 삼십촉 백열등 불빛 아래서 얼굴에
그늘을 만들고 있었다. 어느 순간 나는 그늘 속에서 간간이 빛이 일
렁이는 것을 보았다. 흑백 티브이의 불빛 때문인지도 몰랐다. 누이
는 뜨개질을 하다 말고 꾸벅꾸벅 졸고 있었다. 나는 대각선 저쪽에
있는 그녀에게 불을 끄고 티브이를 보자고 말했다. 새카만 그녀의
눈동자가 길게 늘어뜨려져 있는 머리칼 사이로 반짝였다. 잔물결에
일렁이는 햇빛 같았다. 흑백 티브이에서는 단막극이 펼쳐지고 있었

[*]　『저녁의 무늬』, 현대문학, 2003.
[**]　1966~. 시인.

고 희디흰 눈이 내렸다. 두 남녀가 그 속에서 사랑을 하고 있었다.

그 밤이 지나자 그녀가 우리집에 물을 길러 왔다. 펌프질을 하는 소리가 아침마다 삐걱거리는 잠을 밟고 내 안으로 들어왔다. 그러는 동안 몇 번 그녀와 탱자나무 울타리에서 마주쳤다. 그때마다 우리는 눈을 피해 서로의 가장자리로만 걸었다. 탱자나무 가시 속에서 탱자 열매가 노오랗게 익고 있었다. 밤이면 그녀의 집 부근을 서성거렸다. 바로 윗집이 그녀의 집이었다. 그녀의 집 뒤쪽에는 밭이 있었고 나지막한 정토산이 어둠 속에 우두커니 서 있었다. 나는 밭가의 옥수수잎을 조금씩 잘라 손바닥 위에 올려놓고 하릴없이 바람에 흔들리는 정토산의 대나무 숲을 바라보았다. 나는 그 밤 이후 한 번도 그녀에게 말을 건네지 못하고 있었다.

다음날도 그녀가 우리집에 물을 길러왔다. 나는 변소에 가는 척하고 그녀가 물 긷는 모습을 훔쳐보았다. 펌프질을 하려면 먼저 물을 한 바가지 떠넣어야 한다. 펌프 아래의 지하수를 끌어올리려면 위에 물을 조금 부어야 하는 것이다. 그녀의 마음속에도 저런 지하수 물이 반짝이고 있을 것이다. 그걸 끌어내는 방법은 내가 그녀에게 다가가는 방법밖에 없을 것이다. 사랑이란 그런 관계 맺음이다. 하지만 그때 나는 중학교 3학년이었고 사랑을 몰랐다. 내게 여자는 일곱이었으나 여섯은 누이였고 하나는 젖이 쪼그라든 어머니였다. 어렸을 때부터 알았던 그녀가 내게 당혹을 안겨준 것은 불을 끄고 티브이를 보는 순간 여성으로 변해버렸기 때문이었다. 나는 끝내 펌프질을 하고 있는 그녀에게 말을 건네지 못하고 쭈뼛거리며 방안으로 들어오고 말았다. 삐걱삐걱 펌프질 소리가 방안에 메아리치는 동안 나는 책이며 공책이며 옷가지를 주섬주섬 가방에 챙겨넣고 있을 뿐이었다.

신작로를 걸어 정류장에서 버스를 기다리고 있었다. 어느새 붉은 코스모스가 신작로 가에 피어나고 있었다. 나는 코스모스 목을 잘라 공중에 던져올렸다. 핑그르르 맴을 돌며 붉은 코스모스가 수도 없이 땅바닥 위에 떨어져내렸다. 그런 어느 순간 나는 뭔가가 땅바닥에 반짝이고 있는 것을 보았다. 사금파리였다. 푸른 유리조각에서 뿜어져나오는 영롱한 빛이 마음속에서 무수한 색깔들로 흩어지고 있었다. 그녀가 저쪽 담벼락에서 나를 훔쳐보고 있었다. 버스가 그곳을 지나쳐 이쪽으로 오면 나는 다시 도시로 올라가야 했다.

구부러진 담장에 숨어 얼굴만 살짝 내밀고 나를 바라보고 있는 그녀의 눈동자, 아름다운 사금파리의 빛들. 먼지가 뿌옇게 피어날 때야 정신없이 담벼락 쪽을 바라보았으나 그녀는 벌써 지위지고 있었다. 마음속에서는 끊임없이 삐걱이던 펌프질 소리가 들려왔으나, 나는 끝내 붉게 타는 코스모스잎만 공중에 띄우다 버스에 올라탔다. 오지 말아야 할…… 여름방학은 그렇게 끝이 났다. 저쪽에 가을이 있었으나, 나는 우연히, 그것도 일찍 다가선 입구로 걸어들어가는 방법을 몰랐을 뿐이었다.

03

햇빛에 대한 기억

손석희 *

내가 지켜온 가장 오랜 기억은 햇빛에 대한 것이다.

넓다락 신작로에 줄지어 선 포플러나무들, 그 나뭇잎들 사이로 부서지던 한낮의 햇빛, 끊어질 듯 말 듯 들려오던 골목길 안의 아이들 소리…… 그때 나는 세 살쯤이었던가. 아스라하여 자꾸 도망가려는 그 기억의 끝자락을 가까스로 붙들어 세상에 대한 첫 기억으로 남겨놓았다. 무엇이든 첫 기억으로 자리매김할 것이 있다는 것은 얼마나 소중한 일인가. 더구나 나의 첫 기억은 내 평화로운 시대의 한 상징적인 장면으로 남아 있는 것이다. 나무들과 바람, 아이들 소리, 신작로, 햇빛이 가져다준 밝은 세상. 아무도 세 살짜리 아이의 손을 잡아 끌어주지 않은 그 짧은 순간, 세상에 처음으로 홀로 마주 서 있던 그 순간부터 햇빛에 대한 나만의 동경은 시작되었다.

* 1956~. 언론인, 앵커.

24

일곱 살 늦여름이었다.

그날 어머니는 내 손을 잡고 전셋집을 구하러 한나절씩이나 걸어다니셨다. 마지막으로 찾아간 필동의 어느 골목집, 어머니는 집주인 아주머니와 부뚜막 위에 걸터앉아 무언가를 얘기하고 계셨고 나는 부엌 뒤꼍 그늘진 곳에서 하늘을 쳐다보고 앉았다. 빨갛게 녹슨 양철 담장 너머 삐죽이 내밀어 오른 해바라기, 검다시피 푸른 하늘에 판화처럼 선명히 찍힌 진노란색 해바라기 꽃잎 위로 또 햇빛이 쏟아지고 있었다. 그늘에서 비켜서면 이번엔 내 이마 위로 내려서는 햇빛. 내 두번째 햇빛에 대한 기억은 그런 것이다.

그 집에서 지낸 삼 년 반 동안, 나는 처음으로 그 집에 왔을 때 본 부엌 뒤안의 햇빛을 잊지 않았다. 그러나 똑같은 경우는 없으리란 믿음으로, 행여나 겪을지도 모를 실망을 피하기 위해 또다시 양철 담장 너머의 해바라기를 쳐다보는 일은 하지 않았다.

열두 살의 초겨울이었으리라. 한옥집은 벌써부터 추웠다. 난로를 미처 들여놓지 않은 마룻바닥은 시리도록 찬 것이어서, 안방에서 건넌방으로, 건넌방에서 다시 안방으로 우리 형제들은 발끝으로 동동거리며 다니곤 했다. 그 겨울의 어느 날 아침, 나는 세번째이자 마지막으로 햇빛에 대한 기억을 갖게 되었다. 그날 햇빛은 낡아 바랜 창호지에 여과되어 우리들 건넌방을 가득 채우고 있었다. 온기를 위해 깔아놓은 자주색 이불 위로 감싸듯 머물러 있던

25

그 햇빛의 단아함. 나는 한동안을 그 앞에 서서 까닭을 알 수 없는 우울함을 내 기억 속에 각인하고 있었다.

햇빛과도 같은 삶을 살고 싶었다. 그런 밝음으로, 또한 감내할 수 있는 우울함으로…… 그것이 나의 어릴 적 소망이었다. 중간쯤에 와 되돌아본 나의 삶이 내가 소망했던 것과는 이만치나 동떨어져 있는 것이라 해도 나는 내 바람을 바꾸지 않을 것이다. 이제 겨우 세상에 눈을 뜬 내게 한 번쯤의 '관대함'은 가능하지 않을까. 삶이란 것이 늘 밝은 것도, 견뎌낼 만큼의 고통만을 가져다주는 것도 아니라면, 나는 내 절반의 삶을 용서할 수 있을 것이다.
그러나 그런 '관대함'이 훗날에도 또 가능하리라 믿는 것은 아니다. 늦깎이 삶에 대한 치열함으로, 나는 어릴 적 햇빛에 대한 기억에서 얻은 소망을 지켜야만 할 것 같다.

04

신발을 신는 것은*

이해인**

신발을 신는 것은
삶을 신는 것이겠지

나보다 먼저 저세상으로 건너간 내 친구는
얼마나 신발이 신고 싶을까

살아서 다시 신는 나의 신발은
오늘도 희망을 재촉한다

이해인, 「신발의 이름」에서

* 『기쁨이 열리는 창』, 마음산책, 2004.
** 1945~. 수녀, 시인.

얼마 전 신발장을 정리하다 떠오른 시다. 오래 잊고 있던 낡은 구두 한 켤레를 신발주머니에서 발견하고 얼마나 반가웠는지. 신발은 눈을 동그랗게 뜨고 '주인님, 그간 어찌 나를 잊고 계셨어요' 하는 것만 같았다.

매일 아침 일어나 신발을 신을 적마다 내가 살아 있다는 느낌이 새롭다. 특히 신발을 잃어버려 안타까워하는 꿈을 꾼 다음날은 더욱 그러하다. 같은 층 수녀들의 방 앞에 놓인 신발의 종류만 보고도 '오늘은 집에 있군' '오늘은 외출을 했군' 하고 가늠해보곤 한다.

여러 해 전 늘 식당 옆자리에 앉던 젊은 수녀가 암으로 투병하다 세상을 떠난 날 나는 그의 방에 들어가 주인 잃은 신발을 들고 섧게 울었다. '까만 구두엔 이승을 걸어 나간 발의 그림자'라는 표현이 절로 떠올랐다.

가톨릭에서 11월은 '위령성월'이라 하여 죽은 이를 특별히 기억하며 기도하고 우리 자신의 죽음도 미리 묵상해보는 시간을 자주 갖도록 권유한다. 나는 오늘도 낙엽이 흩어진 수녀원 묘지에 올라가 성수를 뿌리며 기도했다.

바람 속에 가는 비가 내리고 있었고, 숲에서 새들이 지저귀는 소리가 오늘은 평화로운 레퀴엠처럼 들렸다. "수녀님 발은 초등학생처럼 작네"라고 놀리던 동료의 목소리도 들리고 "나 죽거든 내 신발 가져"라며 웃던 선배 수녀님도 문득 그립다.

이제 다시는 신발을 신을 수 없는 그이들이 땅속에 누워 내게 말하는 것 같았다.

"날마다 새롭게 감사하며 사세요" "더 기쁘게 걸어가세요"라고.

05

우리는 누구나 한 장의 연탄이다*

박민규**

우선 한 장의 연탄재를 아궁이에 넣어야 한다. 온전하고, 부서지지 않은 것이어야 한다. 번개탄의 비닐봉지는 뜯어도 그만, 안 뜯어도 그만이다. 좋도록, 하세요. 조잡한 인쇄의 얄팍한 비닐은 언제나 그런 느낌이었다. 호오 호오. 집게를 집기 전엔 잠시나마 시린 두 손을 비벼두는 게 좋았다. 엄동, 설한의 새벽. 집게의 손잡이는 늘 얼음마녀의 손목처럼 앙상하고 차가웠다. 딱딱딱. 하악^{下顎}이 튼튼한 이라면 그 순간 제법 그런 소리를 낼 법도 할 일이었다. 아니, 비록 하악이 튼튼하지 않더라도—불 꺼진 방, 불 꺼진 아궁이 앞에 선 인간의 마음에선 늘 그런 소리가 새어나오곤 했다. 딱딱딱. 새벽의 정적 앞에서 나는 굳이 소리를 감추거나 하지 않았다.

* 『연탄』. 문학동네, 2004.
** 1968~. 소설가.

아니, 감출 필요가 없었다. 언제나 밤은 고요했고, 언제나 나는 혼자였다. 이제 조심스레, 집게의 끝으로 번개탄을 집어올릴 차례이다. 손아귀의 힘은 부디 자연스러워야 했다. 즉 하악이 약간 열릴 정도의, 얼추 완만하고 느슨한 상태. 어금니를 문 정도의 힘이라면 탄炭은 여지없이 부서지기 일쑤였다. 자, 이제 불을 붙이자.

　화악, 한줌의 화약이 불꽃을 뿜으면, 마음속엔 이미 한줌의 불씨가 지펴지기 마련이었다. 이제 천천히, 탄을 위아래로 흔들어줄 차례이다. 손아귀의 힘은 역시나 강해선 젬병이고, 시간은 15초 정도가 그럴듯했다. 언뜻, 불이 번진 번개탄은—시린 세상을 부유하는 인광燐光인 듯도 했고, 어두운 우주를 건너와 이 냉혹한 인간의 처지 위에 내려선 뜨겁고 고마운 유성인 듯도 했다. 차마 기억나지 않는다 해도, 모쪼록 그 유성의 발현發現 앞에서 내가 빈 소원도 한 가지였다. 온기溫氣를, 온기를 나누어주세요. 차마 잊을 수 없는 것은—그래서 저 휴화산休火山과도 같았던 아궁이의 내부와, 그 속으로 서서히 내려서던 번개탄과, 그 위에 올려지던 한 장의 연탄과, 돌려, 일치시킨 그들의 구멍과, 그 연결과, 연결을 통한 통풍과, 통풍을 통해 내 안면을 잠시나마 달궈주던 한 움큼의 열기와, 그 광경이다. 이제 아궁이의 뚜껑을 닫을 차례이다. 더없이 고난한 지상의 한켠에서, 지금 하나의 연탄이 타오르고 있다. 돌려, 불 문을 열던 손가락의 동작을 떠올리면, 그 추억만으로도 나는 지금

훈훈하다. 눈물겨워라, 이 뜨거운 기억의 통풍이여.

그러니까 내게도 연탄을 때던 시절이 있었다. 아니, 그 분지^{盆地}의 혹독한 자취방에서, 나는 네 번의 겨울을 연탄을 때며 살아남았다. 마치 거짓말 같고, 비록 거짓말이어도 하나 이상할 게 없는 16년 전의 일이다. 아니 더 이전에는 어머니가 연탄을 때주던 16년 정도의 세월이 있었다. 결국, 언제 어디서 무엇을 하건, 나는 연탄에 의해 길러진 인간이다. 연탄에 의해 살아남은 인간이고, 연탄에 의해 축복받은 인간이다. 축복이라니. 그러나 한 장의 연탄으로—저리 곡곡을 내리던 대설^{大雪}과, 저리 얼던 수도의 결빙^{結氷}을 견뎌본 인간이라면, 그런 인간이라면, 누구나 알고 있을 것이다. 겨울을 난 삶이, 살아남은 우리의 삶이 얼마나 뜨겁고 광휘로운 축복인가를. 하여 결국 무엇을 하건, 언제 어디에 있건, 인간은 뜨겁고 광휘로운—불로써 전해지는 그 무엇이다. 아니 그리하여, 우리는 누구나 한 장의 연탄이다. 그런 셈이다.

새벽마다, 어머니는 곤한 잠을 뿌리치고 한 장의 연탄을 갈러 나갔다. 뽀득뽀득 눈 내린 마당의 어둠을 가로질러, 또, 소설과 대설과 동지를 가로질러, 소한과 대한의 동토^{凍土}를 지나 어머니는 연탄을 갈고 돌아오셨다. 아니, 비루한 잠이거나 달콤한 꿈, 그 외에 아무 일도 없었던 그 겨울밤들이 실은 그런 식의 연명^{延命}이었단 사실을 알게 된 것은, 먼 훗날의 일이었다. 스스로의 잠을 깨워 스스로를 연명해야 했던 그 분지의 자취방에서. 하여, 한 장의 연탄을 갈다가 나는 비로소 그 사실을 뉘우친 것이었다. 겨울의 냉기와는 또 다른 서늘함이, 아니 찬물을 뒤집어썼을 때의 어떤 청렴함이, 결백이, 그리하여 진솔한 진실이 한 바가지의 찬물처럼 나를 엄습해왔다. 그 새벽, 담배를 피우며 올려보던 북두칠성은 그러므로, 그런 연고로—천구^{天球}와 나의 이마를 향해 엎질러져 있었던 걸까. 황망하게, 이제서야 그 텅 빈 국자의 속을 들여다보는 삶의 민망함이여.

　새벽인데, 어머니는 곤한 잠을 뿌리치고 더듬더듬 화장실을 찾아나선다. 문득문득 그 조심스런 기색이, 마루를 건너, 또 잠결과 꿈결과 뒤척임을 건너, 내 귀를 열고 들어선다. 불 켜드릴까요? 물으나마나한 물음을 묻지도 않은 채, 나는 화장실의 조명을, 그러니까 문 밖에서, 그 60룩스의 오스람 삼파장 램프를, 말없이 켠다, 켜드린다. 치매를 앓고 있는 어머니는—그러니까 이 60룩스의 오스람 삼파장 램프를 켤 줄 모른다. 단지 치매를 앓고 있을 뿐인데도, 그렇다. 그러니까 인간이란, 어떤 파장의, 몇 룩스의 램프인 것인가? 문 뒤에서, 물도 내리지 않은 채 화장실을 나서는 어머니의 뒷모습을, 나는 본다. 잠깐, 어떤 파장이 번진다. 떨려온다. 황망하게, 다시금 텅 빈 국자의 속을 들여다보는 듯한, 삶의 당혹감이여. 더듬더듬 자신의 방안으로 어머니가 사라진 후, 나는 화장실에 들어선다. 변기 속엔 무언가 엎질러진 것들 가득하고, 오늘은 문득, 바스라진 연탄재 같은 흰머리 몇 올도 떨어져 있다. 말없이 물을 내린다. 물 내려가는 변기 속이, 마치 불 꺼진 아궁이 같다.

연탄재를 치우듯 어머니의 흰머리를 줍다가, 그래서 결국, 인간은 한 장의 연탄임을 나는 깨닫는다. 우리는 누구나 한 장의 연탄이다. 나의 삶도, 그 누구의 삶도 실은 누군가의 연소 끝에 이어진 연명이다. 그래서다. 해서 잠든 어머니와 잠든 아들의 얼굴을 번갈아 오가며, 나는 나의 삶이—이들 사이에 낀 한 장의 묵*빛 연탄임을 다시금 깨닫는다. 불 문을 막아놓은 듯 지루한 이 삶도, 해서 맹목으로 여겼던 이 삶의 목표도, 하여 우리의 그 어떤 삶도, 실은 거대한 가치를 지닌 것이다. 나의 램프가 수명이 다할지라도, 당신의 검고 싱싱했던 몸이 하얗게 바스라질지라도. 돌아누운 북두칠성의 국자 속에, 흰 재 흰 재, 아직 온기를 잃지 않은 흰 재들이 수북이 담겨 있다. 문득 심하게, 향*냄새가 난다.

지금 당신은 뜨거운가. 지금 당신은 타고 있는가. 그 온기를, 지금 당신은 누군가에게 전하고 있는가. 구멍은 맞춰져 있는가. 그 사이로, 누군가에게서 시작해, 누군가와, 누군가를 향한 바람이 불고 있는가. 당신의 몸을, 그 열기가 통과하고 있는가. 아니, 어떤 바람도 목소리도 들은 적이 없었던가. 해서, 당신은 막혀 있는 게 아닌가. 어쩌면 우리는 막혀 있는 게 아니었던가. 그리하여, 당신은 혹시 꺼져 있지나 않은가. 당신이 꺼졌으므로, 나도, 이 세계도 꺼져 있는 건 아닌가. 냉랭하지, 않은가. 시린 세계의 저 바깥에 불 꺼진 창, 불 꺼진 아궁이가 있다. 소설과 대설과 동지를 가로질러, 이제 우리가 저곳으로 가야 할 차례다. 가서, 조심스레, 집게의 끝으로 번개탄을 집어올려야 한다. 아니, 지금 불이 번지고 타야 할 것은 나다, 당신이다. 그래서 '우리'이다. 우리는 누구나 한 장의 연탄이다. 내가 누구이건 당신이 누구이건, 명심하라. 연탄이 아니면 아무것도 아니다. 바로, 그래서다.

06

여상 女像

이상[*]

　지난 여름 뒷산 머루를 많이 따먹고 입술이 젖꼭지 빛으로 까맣게 물든 것을 보았습니다. 지금 토실토실한 살 속으로 따끈따끈 포도주가 흐릅니다. 단 한 사람을 위한 잔치, 단 한 번 잔치를 위하여 예비된 이 병, 마개를 뽑기는커녕 아무나 만져보는 것도 아닙니다. 그러나 자색紫色 박스 피부에서 겨우내 목초牧草 내가 향긋하게 납니다.

　삼단 같던 머리에 다홍빛 댕기가 고추처럼 열렸습니다. 물동이 물도 가만있는데 댕기는 왜 이렇게 흔들리나요. 꼭 쥐어야지요. 너무 대롱대롱 흔들리다가 마음이 달뜨기 쉽습니다.
　이 봄이 오더니 저고리에 머리 때가 유난히 묻고 묻고 하는 것

●　　1910~1937. 시인, 소설가.

이 이상합니다. 아랫배가 싸르르 아프다는 핑계로 가야 할 나물 캐러도 못 가곤 합니다.

　도회와 달리 떠들지 않고 오는 봄, 조용히 바뀌는 아이 어른, 그만해도 다섯 해 전 거성(상복喪服을 속되게 이른 말) 입은 몸이 서도西道 650리에 이런 처녀를 처음 보았고 그 슬프고도 흐늑흐늑한 소꿉장난을 지금껏 잊으려야 잊을 수는 없습니다.

07

더 좋은 데 가서

정지용[*]

홍역, 압세기(수두), 양두발반(성홍열), 그리고 간기(뇌전증), 백일해(기관지 세균성 질환), 그러한 것들을 앓지 않고도 다시 소년이 될 수 있소?

그럴 수 있다면 다시 되어봄 직도 하지오.

그리고 보면 아버지 어머니도 젊으실 터이니까 아버지 어머니를 따라 여기보다 더 좋은 데 가서 살겠소.

성당도 있고, 과수원, 목장도 있고, 산도 있고, 바다도 멀지 않고, 말을 실컷 탈 수 있고, 밤이면 마을 사람만 모여도 음악회가 될 수 있는 데 가서 선생이 쨍쨍거리지 않아도, 시험을 극성스럽게 뵈지 않아도 즐겁게 즐겁게 공부하겠소.

[*] 1902~1950. 시인.

08

잊을 수 없는 사람

법정*

수연*然 스님! 그는 정다운 도반이요, 선지식이었다. 자비가 무엇인가를 입으로 말하지 않고 몸소 행동으로 보여준 그런 사람이었다. 길가에 무심히 피어 있는 이름 모를 풀꽃이 때로는 우리의 발길을 멈추게 하듯이, 그는 사소한 일로써 나를 감동케 했다.

수연 스님! 그는 말이 없었다. 항시 조용한 미소를 머금고 있을 뿐, 묻는 말에나 대답을 하였다. 그러나 그를 15년이 지난 지금도 잊을 수가 없다. 아니 잊혀지지 않는 얼굴*이다.

1959년 겨울, 나는 지리산 쌍계사 탑전에서 혼자 안거를 하려고 준비를 하고 있었다. 준비래야 삼동三冬 안거 중에 먹을 식량과 땔나무, 그리고 약간의 김장이었다. 모시고 있던 은사 효봉 선사가 그해 겨울 네팔에서 열리는 세계 불교도 대회에 참석차 떠나셨

* 1932~2010. 승려.

기 때문에 나는 혼자서 지낼 수밖에 없었다.

음력 시월 초순 하동 악양이라는 농가에 가서 탁발을 했다. 한 닷새 한 걸로 겨울철 양식이 되기에는 넉넉했었다. 탁발을 끝내고 돌아오니 텅 비어 있어야 할 암자에 저녁 연기가 피어오르고 있었다.

걸망을 내려놓고 부엌으로 가 보았다. 낯선 스님 한 분이 불을 지피고 있었다. 나그네 스님은 누덕누덕 기운 옷에 해맑은 얼굴, 조용한 미소를 머금고 합장을 했다. 그때 그와 나는 결연結緣이 되었던 것이다. 사람은 그렇게 순간적으로 맺어질 수 있는 모양이다. 피차가 출가한 사문沙門이기 때문에 더욱 그랬다.

지리산으로 겨울을 나러 왔다는 그의 말을 듣고 나는 반가웠다. 혼자서 안거하기란 자유로울 것 같지만, 정진하는 데는 장애가 많다. 더구나 출가의 연조가 짧은 그때의 나로서는 혼자 지내다가는 잘못 게을러질 염려가 있었기 때문이다.

시월 보름 동안거冬安居에 접어드는 결제일結制日에 우리는 몇 가지 일을 두고 합의를 해야만 했었다. 그는 모든 일을 내 뜻에 따르겠다고 했다. 하지만 정진하는 데는 주객이 있을 수 없다. 단둘이 지내는 생활일지라도 둘의 뜻이 하나로 묶여야만 원만히 지낼 수 있다. 그는 전혀 자기 뜻을 세우지 않았다. 그대로 따르겠다는 것이다.

육신의 나이는 나보다 한 살 모자랐지만, 출가는 그가 한 해 더 빨랐다. 그는 학교 교육은 많이 받은 것 같지 않으나 천성이 차분한 인품이었다. 어디가 고향이며 어째서 출가했는지 서로가 묻지 않는 것이 승가의 예절임을 아는 우리들은 지나온 자취 같은 것은 알 수가 없다. 그리고 알 필요도 없다.

다만 그 사람의 언행이나 억양으로 미루어 교양과 출신지를 짐작할 따름이다. 그는 나처럼 호남 사투리를 쓰고 있었다. 그리고 소화 기능이 안 좋은 것 같았다.

나는 공양주供養主(밥 짓는 소임)를 하고 그는 국과 찬을 만드는 채공菜供을 보기로 했다. 국을 끓이고 찬을 만드는 그의 솜씨는 보통이 아니었다. 시원치 않은 감일지라도 그의 손을 거치면 감로미甘露味가 되었다. 나는 법당과 정랑의 청소를 하고 그는 큰방과 부엌을 맡기로 했다. 그리고 우리는 하루 한 끼만 먹고 참선만을 하기로 했었다.

그때 우리는 초발심한 풋내기 사문들이라 계율에 대해서는 시퍼랬고 바깥일에 팔림이 없이 정진만을 열심히 하려고 했다.

그해 겨울 안거를 우리는 무사히 마칠 수 있었다. 그 뒤에 안 일이지만 아무런 장애 없이 순일하게 안거를 보내기란 결코 쉬운 일이 아니다.

이듬해 정월 보름은 안거가 끝나는 해제일. 해제가 되면 함께 행각을 떠나 여기저기 절 구경을 다니자고 우리는 그 해제 철을 앞두고 마냥 부풀어 있었다.

그런데 해제 전날부터 나는 시름시름 앓기 시작했다. 며칠 전에 찬물로 목욕한 여독인가 했더니, 열이 오르고 구미가 뚝 끊어졌다. 그리고 자꾸만 오한이 드는 것이었다. 해제는 되었어도 길을 떠날 수가 없었다.

산에서 앓으면 답답하기 짝이 없다. 수행자는 성할 때도 늘 혼자지만 앓게 되면 그런 사실이 구체적으로 느껴진다. 약이 있는 것도 아니고 가까이에 의료기관도 없다. 그저 앓을 만큼 앓다가 낫기를 바랄 뿐이다. 그리고 그때 우리는 철저하게 무소유였다. 밤이면 헛소리를 친다는 내 머리맡에서 그는 줄곧 앉아 있었다. 목이 마르다고 하면 물을 떠오고, 이마에 찬 물수건을 갈아주느라고 자지 않았다.

그러던 어느 날 아침, 그는 잠깐 아랫마을에 다녀오겠다고 나가더니 한낮이 되어도 돌아오지 않았다. 해가 기울어도 감감소식이었다. 쑤어둔 죽을 저녁까지 먹었다. 나는 몹시 궁금했다.

밤 열시 가까이 되어 부엌에서 인기척이 났다. 그새 나는 잠이 들었던 모양이다. 그가 방문을 열고 들어올 때 그의 손에는 약사발이 들려 있었다. 너무 늦었다고 하면서 약을 마시라는 것이다. 이때의 일을 나는 잊을 수가 없다. 그의 헌신적인 정성에 나는 어린애처럼 울어버리고 말았다. 그때 그는 말없이 내 손을 꼬옥 쥐어주었다.

암자에서 가장 가까운 약국이래야 40여 리 밖에 있는 구례읍이다. 그 무렵의 교통수단이라고는 구례 장날에만 장꾼을 싣고 다니는 트럭이 있었을 뿐이다. 그날은 장날도 아니었다. 그는 장장 80리 길을 걸어서 다녀온 것이다.

서로가 돈 한 푼 없는 처지임을 알고 있었다. 그는 구례까지 걸어가 탁발을 하였으리라. 그 돈으로 약을 지어온 것이다. 머나먼 밤길을 걸어와 약을 달였던 것이다.

자비가 무엇인가를 나는 평생 처음 온 심신으로 절절하게 느낄 수 있었다. 그리고 도반의 정이 어떤 것인지도 비로소 체험할 수 있었다. 그토록 간절한 정성에 낫지 않을 병이 어디 있겠는가. 다리가 좀 휘청거리긴 했지만, 그다음 날로 나는 거동하게 되었다.

그때 우리가 거처하던 암자에서 5리 남짓 깊숙이 올라가면 폭포 곁에 토굴을 짓고 참선하는 노스님 한 분이 계셨다. 노스님이 무슨 볼일로 동구 밖에 다녀올라치면 으레 우리들 처소에 들르곤 했다. 그때마다 노스님이 메고 온 걸망은 노스님보다 먼저 토굴에 가 있었다. 그가 아무 말도 없이 져다주기 때문이었다. 그는 이렇듯 무슨 일이고 그가 할 만한 일이면 말없이 선뜻 해치웠다.

한동안 우리는 만나지 못한 채 각기 운수雲水의 길을 걸었다. 서신 왕래마저 없으니 어디서 지내는지 서로가 알 길이 없었다. 운수들 사이는 무소식이 희소식으로 통했다. 세상에서 보면 어떻게 그리 무심할 수 있느냐 하겠지만, 서로가 공부하는 데 방해를 끼치지 않도록 배려해서다.

인정이 많으면 도심道心이 성글다는 옛 선사들의 말을 빌릴 것도 없이, 집착은 우리를 부자유하게 만든다. 해탈이란 온갖 얽힘으로부터 벗어난 자유자재의 경지를 말한다. 그런데 그 얽힘의 원인은 다른 데 있지 않고 집착에 있는 것이다. 물건에 대한 집착보다도

인정에 대한 집착은 몇 곱절 더 질기다. 출가는 그러한 집착의 집에서 떠남을 뜻한다. 그러기 때문에 출가한 사문들은 어느 모로 보면 비정하리만큼 금속성에 가깝다.

그러나 그러한 냉기는 어디까지나 긍정의 열기로 향하는 부정의 단계다. 긍정의 지평地平에 선 보살의 자비는 봄볕처럼 따사롭다.

내가 해인사로 들어가 퇴설선원堆雪禪院에서 안거하던 여름, 들려오는 풍문에 그는 오대산 상원사에서 기도를 하고 있다고 했다. 여름 살림이 끝나면 그를 찾아가보리라 마음먹고 있었더니, 그가 먼저 나를 찾아왔다. 지리산에서 헤어진 뒤 다시 만나게 된 우리는 서로 반겼다. 그는 여전히 조용한 미소를 머금고 있었다. 함께 있을 때보다 안색이 못했다. 앓았느냐고 물으니 소화가 잘 안 된다고 했다. 그럼 약을 먹어야 하지 않겠느냐 했더니 괜찮다고 했다. 그가 퇴설당에 온 후로 섬돌 위에는 전에 없이 변화가 일기 시작했다. 여남은 켤레 되는 고무신이 한결같이 하얗게 닦이어 가지런히 놓여 있곤 했다. 물론 그의 밀행密行이었다.

노스님들이 빨려고 옷가지를 벗어놓으면 어느새 말끔히 빨아 풀먹여 다려놓기도 했다. 이러한 그를 보고 스님들은 '자비 보살'이라 불렀다.

그는 공양을 형편없이 적게 하였다. 물론 이제는 우리도 삼시 세 끼를 스님들과 함께 먹고 지냈다. 어느 날 나는 사무실에 말하고 그를 억지로 데리고 대구로 나갔다. 아무래도 그의 소화기가 심상치 않았다. 진찰을 받고 약을 써야 할 것 같았다.

버스 안에서였다. 그는 호주머니에서 주머니칼을 꺼내더니 창틀에서 빠지려는 나사못 두 개를 죄어놓았다. 무심히 보고 있던 나는 속으로 감동했다. 그는 이렇듯 사소한 일로 나를 흔들어놓았다. 그에게는 내 것이네 남의 것이네 하는 분별이 없는 것 같았다. 어쩌면 모든 것을 자기 것이라 생각했는지 모른다. 그러기 때문에 사실은 하나도 자기 소유가 아니다. 그는 실로 이 세상의 주인이 될 만한 사람이었다.

그해 겨울 우리는 해인사에서 함께 지내게 되었다. 그의 건강을 걱정한 스님들은 그를 자유롭게 지내도록 딴 방을 쓰라고 했다. 그러나 그는 대중과 똑같이 큰방에서 정진하고 울력(작업)에도 빠지는 일이 없었다.

그러다가 반 살림(안거 기간의 절반)이 지날 무렵 해서 그는 더 버틸 수가 없도록 약해졌다. 치료를 위해서는 산중보다 시처가 편리하다. 진주에 있는 포교당으로 그를 데리고 갔다. 거기에 묵으면서 치료를 받도록 하기 위해서였다. 사흘이 지나자 그는 나더러 안거 중이니 어서 돌아가라고 했다. 그의 병세가 많이 회복된 것을 보고 친분이 있는 포교당 주지 스님과 신도 한 분에게 간호를 부탁했다. 그가 하도 나를 걱정하는 바람에 나는 일주일 만에 귀사했다.

두고 온 그가 마음에 걸렸다. 전해오는 소식에는 많은 차도가 있다고 했지만. 그 겨울 가야산에는 눈이 많이 내렸다. 한 주일 남짓

교통이 두절될 만큼 내려 쌓였다. 밤이면 이 골짝 저 골짝에서 나무 넘어지는 소리가 요란했다. 아름드리 소나무가 눈에 꺾인 것이다.

그 고집스럽고 정정한 소나무들이 한 송이 두 송이 쌓이는 눈의 무게에 못 이겨 꺾이고 마는 것이다. 모진 비바람에도 끄덕 않던 나무들이 부드러운 것 앞에 꺾이는 오묘한 이치를 산에서는 역력히 볼 수 있었다.

꺾여진 나무를 져 들이다가 나는 바른쪽 손목을 삐었다. 한동안 침을 맞는 등 애를 먹었다. 그 무렵 나는 조그만 소포를 하나 받았다. 펼쳐보니 삔 데 바르는 약이 들어 있었다. 어떻게 알았는지 그가 사 보낸 것이다. 말이 없는 그는 사연도 띄우지 않은 채였다.

나는 슬픈 그의 최후를 되새기고 싶지 않다. 그가 떠난 뒤 분명히 그는 나의 한 분신이었음을 알 것 같았다. 함께 있던 날짜는 1년도 못 되지만 그는 많은 가르침을 남겨주고 갔다. 그 어떤 선사보다도, 다문多聞의 경사經師보다도 내게는 진정한 도반이요, 밝은 선지식이었다.

구도의 길에서 안다는 것은 행行에 비할 때 얼마나 보잘것없는 것인가. 사람이 타인에게 영향을 끼치는 것은 지식이나 말에 의해서가 아님을 그는 깨우쳐주었다. 맑은 시선과 조용한 미소와 따뜻한 손길과 그리고 말이 없는 행동에 의해서 혼과 혼이 마주치는 것임을 그는 몸소 보여주었다.

수연! 그 이름처럼 그는 자기 둘레를 항상 맑게 씻어주었다. 평

상심 平常心이 도 道임을 행동으로 보였다. 그가 성내는 일을 나는 한 번도 본 적이 없다. 그는 한 말로 해서 자비의 화신이었다.

그를 생각할 때마다 사람은 오래 사는 것이 문제가 아니라 어떻게 사느냐가 문제로 떠오른다.

09

골무

이어령 •

  인간이 강철로 만든 것 가운데 가장 상징적인 대립을 이루는 것
이 있다면 그것은 칼과 바늘일 것이다. 칼은 남성들의 것이고 바
늘은 여성들의 것이다. 칼은 자르고 토막내는 것이고 바늘은 꿰매
어 결합시키는 것이다. 칼은 생명을 죽이기 위해 있고 바늘은 생
명을 감싸기 위해 있다.

  칼은 투쟁과 정복을 위해 싸움터인 벌판으로 나간다. 그러나 바
늘은 낡은 것을 깁고 새 옷을 마련하기 위해서 깊숙한 규방의 내
부로 들어온다. 칼은 밖으로 나가라고 명령을 하고 바늘은 안으로
들어오라고 호소한다. 이러한 대립항의 궁극에는 칼의 문화에서
생겨난 남성의 투구와 바늘의 문화에서 생겨난 여성의 골무가 뚜
렷하게 대치한다. 투구는 칼을 막기 위해서 머리에 쓰는 것이고

• 1934~. 언론인. 문학평론가.

골무는 바늘을 막기 위해서 손가락에 쓴다. 남자가 전쟁터에 나가려면 투구를 써야 하는 것처럼 여자가 바느질을 하려고 일감을 손에 쥘 때는 골무를 껴야 한다.

골무는 가볍고 작은 투구이다. 그것은 실오라기와 쓰다 남은 천 조각과 그리고 짝이 맞지 않은 단추들처럼 일상의 생활을 누빈다.

골무 속에 묻힌 손가락 끝 손톱이 가리키는 그 작고 섬세한 세계, 그것을 지키기 위해 여자의 마음속에 입힌 무장이다. 남성의 오만한 명예욕도, 권력의 야망도 없는 조용한 세계, 골무가 지배하는 것은 넓은 영토의 왕국이 아니라 반짇고리와 같은 작은 상자 안의 평화이다.

반달 같은 골무를 보면 무수한 밤들이 다가선다. 잠든 아이들의 숨소리를 들으며 민첩하게 손을 놀리던 우리 어머니, 그리고 우리 누님들의 손가락 끝 바늘에서 수놓여지는 꽃이파리들, 그것은 골무가 만들어낸 마법의 햇살이다.

모든 것을 해지게 하고 넝마처럼 못 쓰게 만들어버리는 시간과 싸우기 위해서, 그리움의 시간, 슬픔의 시간, 그리고 기다림의 온갖 시간을 이기기 위해서 손가락에 쓴 여인의 투구 위에서는 작은 꽃들이 피어나기도 하고 색실의 무늬들이 아롱지기도 한다.

10

사랑하는 사람에게

노자영 *

어제 주신 편지는 지금 받았습니다.

잠만 깨면 기다려지는 당신의 편지. 가을과 함께 이곳에는 들국
화가 피거니와 내 마음에는 당신의 편지로 행복의 꽃이 핀답니다.

고요한 산곡 생활…… 내 귀에 들리는 소리가 있다면 그는 물소
리요, 내게 말하는 이가 있다면 그는 작은 새의 노래 소리입니다.

가을바람이 불고 들국화가 춤을 추는 이곳에서, 내 영혼은 날개
를 펴고 꽃으로 수놓은 사랑의 터를 닦고 있답니다.

당신과 웃던 곳, 당신과 노래하던 터……

아, 아름다운 곳. 애달픈 추억!

* 1898~1940. 시인. 수필가.

웅장한 물소리가 한없이 흘러가고 고요한 달빛 아래 풀벌레가 울고 있으면, 자던 ○○사*도 눈을 부비려니와 나도 창을 열고 "내 사랑을 보내주소서" 하고 소원을 올립니다. 영원의 적막 속에 저 푸른 소나무들이 하늘을 향하여 떠오를 때, 내 마음은 어디로 누구를 찾아가는지……

밤마다 법의를 입고 기도하는 큰 숲속에 내 마음까지 성모의 궁전을 세우려 합니다.

지난 날 밤에는 이 몸이 꿈이 되어 당신 집을 찾아갔었습니다. 만일 내 마음에 발이 있다면 당신 집 뒤뜰에 자리가 났으리라. 그 밤이 새도록 서고 있다가 문을 두드려보았으나 당신은 잠만 자더이다. 할 수 없이 고달픈 다리를 끌고 몇백 리 산길을 울면서 왔더니 날이 밝더이다.

오늘은 날이 흐렸습니다. 이따금 비도 오고요. 그래서 하루 종일 누워서 아픈 다리를 쉬었습니다. 하하.

어제 보내드린 꽃은 보셨는지요. 그 꽃은 ○○사 산곡에서 외롭게 자라난 불쌍한 꽃이랍니다. 돈 없이 서울 구경 갔으나 밥 잘 먹이고 전차, 버스 좀 태워서 서울 구경도 시켜주고 동물원 남산, 한

강 그리고 당신 집 뜰까지 잘 구경시켜주세요.

그런데 대체 유는 남의 편지를 외상으로만 잡수시니 그것은 언
제 갚으시렵니까? 남의 빚을 많이 지면 당신 몸까지 괴롭습니다.
아마 재미가 많으신 듯…… 너무 재미 보면 죄가 된다오.
그러면 내일 또 쓰렵니다. 안녕하시길 빕니다.

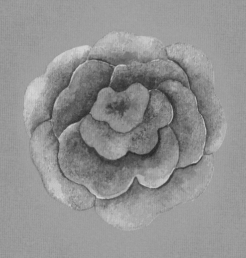

11

나막신에 우산 한 자루*
─계수님께

신영복**

인생살이도 그러하겠지만 더구나 징역살이는 언제든지 떠날 수 있는 단촐한 차림으로 살아야겠다고 생각하였습니다. 그러나 막상 이번 전방 때는 버려도 아까울 것 하나 없는 자질구레한 짐들로 하여 상당히 무거운 이삿짐(?)을 날라야 했습니다.

　입방 시간에 쫓기며 무거운 짐을 어깨로 메고 걸어가면서 나는 나를 짓누르는 또 한 덩어리의 육중한 생각을 짐 지지 않을 수 없었습니다. 내일은 '머─ㄴ길'을 떠날 터이니 옷 한 벌과 지팡이를 채비해두도록 동자더러 이른 어느 노승이 이튿날 새벽 지팡이 하나 사립 앞에 짚고 풀발 선 옷자락으로 꼿꼿이 선 채 숨을 거두었더라는 그 고결한 임종의 자태가 줄곧 나를 책망하였습니다.

• 　『신영복─청소년이 읽는 우리 수필 1』, 돌베개, 2003.
•• 　1941~2016. 대학교수, 작가.

섭각담등蹑屩擔簦, 즐풍목우櫛風沐雨. 나막신에 우산 한 자루로 바람결에 머리 빗고 빗물로 머리 감던 옛사람들의 미련 없는 속탈俗脫은 감히 시늉할 수 없는 것이라 하더라도 10여 년 징역을 살고도 아직 빈 몸을 두려워하고 있었던 것은 아니었을까.

있으면 없는 것보다 편리한 것도 사실이지만 완물상지玩物喪志, 가지면 가진 것에 뜻을 앗기며, 물건은 방만 차지함에 그치지 않고 우리의 마음속에도 자리를 틀고 앉아 창의創意를 잠식하기도 합니다.

이기利器를 생산한다기보다 '필요' 그 자체를 무한정 생산해내고 있는 현실을 살면서 오연傲然히 자기를 다스려나가기도 쉽지 않음을 알 수 있습니다. 그러나 그릇은 그 속이 빔虛으로써 쓰임이 되고 넉넉함은 빈 몸에 고이는 이치를 배워 스스로를 당당히 간수하지 않는 한, 척박한 땅에서 키우는 모든 뜻이 껍데기만 남을 뿐임이 확실합니다.

12

연가戀歌 •

박용구 ••

여름은 청춘의 계절이다. 따라서 산야山野는 연가로 찬다.

낮에는 이 숲 저 숲에서 매미들의 연가가 자자하고, 밤에는 이 논 저 논에서 개구리의 연가가 야단스럽다.

옛사람은 가리켜 와명선조蛙鳴蟬噪라 하여 시끄러운 형용사로 써 왔으나, 부부유별하여 사람들 보는 데서는 아내의 손목 한번 덥석 쥐어보지 못하던 분네들로는 동물계의 연가가 시끄럽기만 했을 것은 당연한 일이다. 그러나 까다로운 예의범절이 청춘을 겹겹이 얽어놓던 이 시대에도 푸른 도포 자락 안에 연서戀書를 간직하고 개똥벌레처럼 속을 태우던 도련님도 있었을 게고 춤추는 촛불 앞에 이마의 흰 망건網巾자욱을 번득이며 '저 달이 지도록 놀다가던' 풍

• 『음악과 현실』, 예솔, 1998.
•• 1914~2016. 음악평론가, 작가.

류랑風流郎도 있었을 것이다.

하지만 내 천식淺識한 탓인지 과거 우리나라에 서양의 세레나데小夜曲 같은 효용적인 연가가 있었다 함을 듣지 못했다.

사실 개방적이 아니요, 야도夜盜적이어서 색채 없는 암야暗夜를 틈 타서 철저한 방음관제防音管制 밑에 벌어진 우리 할아버지들의 연애 는, 행세하는 집안의 아들딸일수록 그 방음관제는 더 했을 터이니 어찌 연가가 생길 수 있었으랴. 그러자니 부풀어오르는 청춘의 노 래를 가슴에 안고 속은 퍽퍽 썩었을 것이고 안타까울 대로 안타까 웠을 것이다.

만고에 뛰어난 자색姿色을 가지고 대가집 따님으로 태어난 황진 이黃眞伊가 무슨 청승으로 구태여 기생이 소원이었으랴마는, 그 당시 에 화류계를 내놓고 어디서 여성이 청춘을 해방하고 자기를 노래 할 수 있었던가!

황진이야말로 인간혼의 해방을 자각한 우리나라 처음의 여성이 었다.

아니나다를까, 그이는 마음껏 사랑했고 마음껏 울었고 마음껏 노래했다.

　　월하정오진月下庭梧盡
　　상중야국황霜中野菊黃
　　누고천일척樓高天一尺

인취주천상 ^{人醉酒千觴}

유수화금냉 ^{流水和琴泠}

매화입적향 ^{梅花入笛香}

명조상별후 ^{明朝相別後}

정여벽파장 ^{情與碧波長}

내일이면 한양 길을 떠날 정랑^{情郞}과 마주앉아 파란 달빛에 백옥 같은 손이 아른아른 거문고 줄을 고르며 한숨처럼 입술을 새어나오는 연가. 그 시대에 이런 연가를 마음껏 부른 황진이는 우리나라에서 제일 멋진 여성이었다.

그러나 누가 짐작이나 하랴. 한겨울 기나긴 밤, 청춘도 가고 월태화용^{月態花容}도 시들어 하루아침에 시체로 변하고 보면, 임자 없는 화류계 여자로 '줄무지'의 신세를 질 것을 생각하고 베갯모를 적시며 소리 없이 울었을 그를……

지금 우리의 여인들은 인습의 굴레였던 듯 삼단 같은 검은 머리를 깡뚱이 자르고 우리 남자들도 이미 망건으로 머리를 졸라맬 필요가 없어진 지 오래다.

우리는 과거의 슬픈 기반^{羈絆}에서 해방되었다 한다.

그러나 나는 나의 마돈나에게 어떤 연가를 불러야 옳단 말이냐.

슈베르트의 세레나데? 그리고의 세레나데?

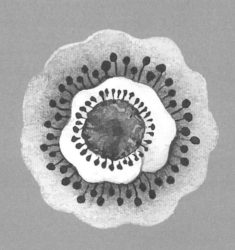

이런 연가를 부르면
우리의 마돈나는 픽 웃고 돌아설 것만 같다.

연가 이야기는 아니지만 「나비 부인」을 부르고 돌아다니던 일본의 소프라노 여사는 오랜 해외의 무대생활에서 귀국하자 죽은 남편의 무덤 앞에서 소리소리 지르며 추억의 노래를 불렀다. 그 이튿날 신문은 일제히 빈정대는 어조로 그 여사의 묘전^{墓前} 독창과 여사가 동리 사람들에게 광녀^{狂女}로 몰려서 봉변을 당했다고 보도했고, 고국이라고 찾아왔던 여사는 혀를 차며 또다시 노래 있는 나라로 떠났다는 것이다.

웃을 일이 아니다.

이처럼 우리 생활과 서양 노래는 아직 거리가 먼 것이고 보면우리는 연가 없이 청춘을 맞고 보내야 한단 말인가!

연가 없는 청춘, 생활 없는 음악, 우리들의 새 세기는 여기서도싸워서 찾아야 할 게 아닌가.

13

팔려가는 개

권구현[*]

  선생님 정이라는 것은 인간에게 있어 가장 귀여운 것인 동시에 가장 쓰라린 존재인가 생각합니다. 전일 러시아의 허무당虛無黨들이 적을 사살하고는 다시 그 넘어진 시체를 부여안고 울었다는 말을 들었습니다만 당초 사살부터 못할 것이라고 생각합니다. 이것은 조그마한 개미 한 마리나 풀 한 포기에도 그러할 것이라고 생각합니다.

  정말 아我를 위하여 타他를 살殺케끔 만들어 놓고는 그 위에다 정이라는 것을 갖게 만들어놓았다는 것은 무엇의 작희作戱인지 모르나 커다란 모순이라고 생각합니다. 선생님 저는 일전에 울었습니다. 아침 저녁으로 저를 따르고 따르던 가견家犬, 먹이가 적은 듯하

---

[*] 1898~1944. 시인, 미술가.

면 제가 먹던 것이라도 더러 먹이는 검둥이, 살기 좋은 곳, 먹을 것 많은 집, 이것을 다 버리고 빈한한 산촌의 저의 집을 유일한 안도 처安堵處로 알고 굶주려가면서도 3년을 한결같이 꼬리를 치며 반기 며 뛰놀던 검둥이, 아아 조금도 에누리하여 듣지 마십시오. 이 검 둥이를 돈이 욕심이 나서―먹고살기 위하여 팔았습니다. 내일 아 침이면 목을 잘리우고 방망치로 골을 맞아 죽을 것이었마는 이것 저것을 모르고 천만년이라도 믿고 살 줄만 아는 검둥이는 어머니 를 반기는 어린애처럼 소위 주인이라는 것을 한종일 반겨 따르며 새벽까지도 기품 있게 컹컹 짖곤 합니다. 저는 끌려가는 꼴을 안 보려고 다른 곳으로 피하였습다마는 저는 참으로 울었습니다. 뜨 거운 눈물을 흘렸습니다.

목을 잘리워가는 검둥이는 저를 거두는 척 하는 제 주인이 저를 죽을 곳으로 몰아가는 것인 줄은 모르고 도리어 최후의 한 순간까 지라도 저를 살려달라고 주인을 찾고 애원하였을 것입니다. 아아 차마 못할 일입니다. 가슴이 아픕니다. '죄 많은 무리여 너의 이름 을 가로대 인간이라 일컫나니라' 이 말은 누구의 말인지 모르나 사실이라고 생각합니다. 아아 이 죄의 구렁에서 벗어날 도리는 없 을는지요…… 그렇지 않거든 이 모든 것을 감수하는 정이란 것이 없어지고 차라리 독사가 되든지 무감각 동물이 되든지 ―

2부

길 위에서 만난 꽃송이

14

길

김기림 *

나의 소년 시절은 은빛 바다가 엿보이는 그 긴 언덕길을 어머니의 상여와 함께 꼬부라져 돌아갔다.

내 첫사랑도 그 길 위에서 조악돌(작은 돌)처럼 집었다가 조악돌처럼 잃어버렸다.

그래서 나는 푸른 하늘 빛에 호져(혼자) 때 없이 그 길을 넘어 강가로 내려갔다가도 노을에 함북 자주빛으로 젖어서 돌아오곤 했다.

그 강가에는 봄이, 여름이, 가을이, 겨울이 나의 나이와 함께 여러 번 다녀갔다.

* 1908~미상. 시인, 문학평론가.

까마귀도 날아가고 두루미도 떠나간 다음에는 누런 모래 둔(언덕)과 그리고 어두운 내 마음이 남아서 몸서리쳤다. 그런 날은 항용 감기를 만나서 돌아와 앓았다.

할아버지도 언제 난 지를 모른다는 마을 밖 그 늙은 버드나무 밑에서 나는 지금도 돌아오지 않는 어머니, 돌아오지 않는 계집애, 돌아오지 않는 이야기가 돌아올 것만 같아 멍하니 기다려본다. 그러면 어느새 어둠이 기어와서 내 뺨의 얼룩을 씻어준다.

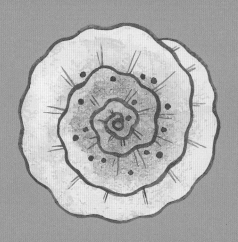

15

어머니, 우리 어머니*

김수환**

어느 날 가을 들녘이 보고 싶어 시골에 내려갔다. 어느 수도원의 손님 방에서 자고 아침에 일어나 커튼을 제치고 창문을 여니 가을 하늘 아래 뜰 가득히 피어난 코스모스가 눈에 확 들어왔다.

상쾌한 아침 공기와 함께 그 모습이 얼마나 청초하고 아름다운지 잃어버린 옛 고향집을 다시 찾은 것만 같았다. 내가 어릴 때 그런 아름다운 뜰이 있는 집에 살아본 일이 없건만 나의 마음의 고향, 어머니의 모습이 그 꽃밭에서 미소 짓는 것만 같았다.

우리 어머니는 코스모스처럼 키가 후리후리하게 크신 편이었다. 그리고 젊었을 때에는 분명히 그렇게 수려한 분이었을 것이라고 상상해본다.

---

* 『샘이깊은물』창간호, 1984. 11.
** 1922~2009. 추기경.

'어머니, 우리 어머니' 원고 청탁을 받고 나는 이 글을 쓰지만 어머니의 무엇을 어디서부터 쓰면 좋을지 알 수가 없다.

이 세상에서 제일 소중하신 분, 나를 있게 하고, 나를 가장 사랑하신 분, 나를 위해서는 열 번이면 열 번 다 목숨까지라도 바치셨을 분. 그런데 나는 아직 이 나이에도 불구하고 어머니의 이 사랑을 깊이 깨닫지 못하고 있다. 내가 어릴 때 우리 어머니는 가끔 다리에서 바람이 난다고 하셨다. 나는 그 말씀의 뜻을 오랫동안 전혀 알지 못하다가 이제야 겨우 내 몸에서 느껴 알게 되었다. 그러니 우리 어머니에 대해 무엇을 쓰면 좋을지 알 수가 없다.

20여 년 전, 독일에 있을 때 신학자 폴 틸리히Paul Tillich가 정초에 독일 국회에서 연설하는 것을 방송으로 들은 적이 있다. 그때 그는 이런 말을 했다.

"독일, 독일, 이 세상 모든 것 위에 있는 뛰어난 독일이라는 우리 독일 국가의 뜻은 결코 객관적으로 다른 나라와 비교해서 우리 독일이 세상 제일이라는 것이 아닙니다. 우리에게 있어서 독일이라는 나라는 어머니 같은 존재요, 마치 우리 어머니가 비록 객관적으로는 평범한 한 여성에 지나지 않는다 할지라도 나에게 있어서는 둘도 없는 세상 제일가는 어머니이듯이 그렇게 우리 독일도 우리에게는 제일이라는 뜻입니다."

그렇다. 내게 있어서도 우리 조국 한국이 제일이고, 우리 어머니 서중하徐仲夏 여사가 세계에서 제일가는 어머니시다.

서중하 여사. 여기 '여사'는 내가 우리 어머니에게 처음 붙여 보는 칭호다. 가신 지 30년이 되어가는 우리 어머니는 살아 생전에 그런 대접을 받아보신 일이 없다. 우리 어머니는 '여사'라는 존칭을 붙여야 할 만큼 사회적 신분이나 학벌이 있는 분이 아니시다.

우리 어머니는 당신의 이름 석 자와 하늘 천 따 지 정도의 기초 한문과 한글 외에 아시는 것이 없었다. 그리고 옹기 장사를 하신 우리 아버지와 결혼하신 후, 가난에 쫓겨 여기저기 이사하며 옹기나 포목을 이고 다니며 파는 생활을 거의 평생 하셔야 했던, 고생도 많이 하셔야 했던 분이었다. 우리 어머니는 말띠였는데, 말띠는 팔자가 세다는 속설대로 그렇게 팔자가 드세다면 드세다고 할 수 있는, 그렇게 한평생을 보내신 분이시다.

내 마음에 새겨진 어머니의 영상은 늙으신 모습이다. 이마에 주름이 잡혀 있고 70여 년의 풍상을 겪으신 그런 모습이다. 남편과 자식들을 위하여 당신 자신을 비우고 또 비우신 분, 그러나 근엄하면서도 미소도 지으시는 모습이 떠오른다. 우리 어머니는 연세가 많아질수록 얼굴이 더 밝아지고 미소가 많아지셨던 것 같다. 차츰차츰 삶을 믿음 속에 받아들이고 초탈해지셨기 때문일까? 혹은 당신이 원하신 대로 아들 둘을 신부로 만드시고 뜻을 다 이루셨기 때문일까? 또는 귀여운 손자 손녀들 때문이었을까?

우리 어머니에게는 확실히 여장부의 기질을 엿볼 수가 있었다. 시대를 잘 만나고, 공부를 하셨다면 사회적으로도 이바지하는 큰 그릇이 되셨을 소질을 갖춘 분이었다. 어머니의 그런 자질과 리더십은, 언제나 자녀들에게만이 아니라 당신의 친형제, 친척, 이웃들에게 끼치는 영향으로 알 수 있었다.

옛날 대구 천주교 신자 사이에서 잘 알려진 서동정徐童貞이라 불리는 분이 있었는데 남자이면서 동정을 지킨 이 어른이 우리 외삼촌이셨다. 이분은 주위로부터 그 인품과 돈독한 신앙심으로 존경받던 분이었다. 그런데 이분이 우리 어머니에게는 큰오빠이면서도, 십수 년 연하요 누이동생인 우리 어머니를 늘 존경에 가까운 경애심으로 대하시는 것을 보았다. 그러고 보면 우리 어머니는 충분히 그 자질을 갖추셨으면서도 한 번도 제대로 피어나지 못하셨던 분, 자식들을 피어나게 하기 위해 당신은 밑거름이 되신 분이었던 것 같다.

＊

어머니에 대한 기억으로 가장 오래된 것은 내가 세 살인가 네 살 때—당시 우리는 경북 선산읍에 살았다—국화빵 기계에 빵을 굽던 어머니의 모습이다. 나는 그때 어머니에게 기대어 앉아 있었고―곡마단의 공연인가 신파극인가 벌어지고 있는 바깥 공터에서―어머니는 그 구경꾼들을 상대로 빵을 굽고 계셨다. 그리고 머리 위에 무엇인가 이신 어머니의 손을 잡고 밑에는 푸른 물이 흐르는 어느 긴 철교를 무서워하며 건너던 일이 떠오른다. 그것 역시 어머니의 장삿길이었던 것 같다. 내 기억으로는 우리집 살림은 그때부터 아버지보다도 어머니가 꾸려나가신 것 같다.

선산서 우리집 가까이에 일본 아이들이 다니는 소학교가 있었다. 어느 날 그곳 아이들과 내 바로 위의 형과 그 또래의 아이들이 싸우는 자리에 나도 끼여 있다가 일본 아이가 던진 돌이 내 이마에 맞아 상처를 입었는데, 그 흉터가 아직도 남아 있다.

다섯 살 때 우리는 선산에서 군위로 이사했다. 큰 재를 하나 넘어와 군위 용대동이라는 동네에 살 때에 나는 서쪽에 있는 그 산을 가끔 바라보았다. 특히 해질 무렵 그 산을 바라보곤 했었다. 어린 마음이지만 우리는 저 산을 넘어서 왔고, 지금 사는 이곳은 객지이며 저 산 너머 어디엔가 우리 고향이 있겠지 하는 생각이 무의식중에 있었던 것 같다.

또 군위에서 살 때에는 우리 어머니와 나와 단둘이서만 집에 있을 때가 있었는데 어떤 때는 어머니가 옹기를 팔기 위해 먼 장에 갔다가 오신다는 저녁 시간까지 돌아오시지 않으면, 어둑어둑해지는 빈집에 혼자 있기가 너무나 적적하고, 어머니도 몹시 기다려져 한길에 나가 어머니가 오실 신작로를 바라보며 앉아 있었다.

그때 석양에 물든 그 산이 어린 내 마음을 말할 수 없는 향수에 젖게 했다.

나중에 안 일이지만 그 산 너머 선산도 우리 고향은 아니었다. 우리는 도대체 정확히 어디가 고향이라고 하면 좋을지 몰랐다. 나는 대구에서 태어났으나 어릴 때 자라기는 선산과 군위에서 자랐고, 내 위의 형들과 누이들도 태어난 곳이 같지 않다. 우리는 모두 8남매였는데 충남 합덕에서 시작하여 대구, 칠곡, 김천, 이렇게 태어난 곳이 다르다.

우리 아버지 고향은 원래는 충남 연산이지만 천주교도 박해 시대에 거기서 쫓겨나셨고, 친척도, 아는 이도 전혀 없다. 그러니 거기는 고향이라는 정감이 가지 않는다. 그보다는 경상도에, 그중에서도 대구에서 산 적이 시간적으로도 더 많으니 우리는 모두 대구가 고향이라고 생각하게 되었다. 그런데 대구는 우리 어머니의 고향이다. 어머니는 달성 서씨로 순수한 대구분이시다.

나는 8남매 중 막내였다. 위의 형이나 누이들은 가난과 잦은 이사 때문에 공부를 시키지 못하셨지만 내 바로 위의 형과 나만은 그런 쪼들림 속에서도 공부를 꼭 시키고 싶어하셨던 것 같다. 그래서 당시 군위로 이사해서 살 때에 형과 나는 그곳 초등학교에 들어가게 되었다.

우리 아버지는 내가 초등학교 1학년 때 돌아가셨다. 그래서 나는 아버지에 대해서는 기억이 많이 나지 않는다. 우리 아버지는 마음씨 착한 전형적인 충청도 양반이셨다. 충청도 억양으로 나를 부르셨고 그 때문에 동네 사람들이 그 흉내낸 것이 특별히 기억나고, 동네 사람들 싸움도 잘 말리시고 바둑이나 장기로 소일하시다가 해수병으로 돌아가셨다.

아주 오래전 내가 서울 동성학교에 다닐 때 서울 서대문에 사시는 친척 고모님이 나를 보시자 우리 아버지 이름을 부르면서 "너는 어쩌면 꼭 네 아버지를 닮았느냐?"라고 하셨다. 그때부터 나는 가끔 아버지 생각이 나면 내 얼굴을 거울에 비춰보기도 한다.

이렇듯 아버지에 대한 내 기억은 아주 적다. 그대신 어머니는 나를 낳고 기르셨을 뿐 아니라 공부를 시키고 내가 성직의 길로 가게 한 분이시다.

형님과 내가 군위 보통학교에 다닐 때 한 번은 어머니가 당신 친정이 있는 대구에 다녀오셨다. 짐작컨대 어머니는 거기 계시는 동안 성당에서 사제 수품의 장엄한 예식을 보고 오신 것 같다. 그때 어머니는 감명을 깊이 받으셨는지, 돌아오시자마자 우리 둘에게 너희는 이다음에 신부가 되라고 이르셨다.

형은 그 이듬해 대구에 있는 신학교 예비과(초등학교 5,6학년)로 옮겼고, 2년 후 나도 가게 되었는데, 형님은 기쁘게 갔으나 나는 그렇지 않았다. 어머니의 명을 따라 갔을 뿐이다.

우리 어머니는 본디 성품이 곧은 분이셨고, 거짓이나 불의와는 일체 타협할 줄 모르는 분이어서 자식들 교육에도 그만큼 엄격한 분이셨다. 특히 아버지께서 돌아가신 후에는 '아비 없는 자식'이라는 말을 들어서는 절대로 안 된다고 보셨고, 그 때문에 내 위의 형과 나, 두 어린 형제를 더욱 엄하게 키우셨다. 따라서 어머니의 명을 거스른다는 것은 상상도 할 수 없었다. 또 우리는 어릴 때 거짓말은 물론이요, 욕 같은 상스러운 소리도 일체 입에 올릴 수 없었다.

나에게 신앙을 심어준 분은 물론 어머니시다. 뿐더러 형이 신학교로 간 후에—큰 형들은 돈벌이를 한다고 집을 나가 없을 때—집에는 어머니와 나 둘만이 살았다. 그때 어머니는 매일 저녁 한참씩 긴 기도를 하셨고, 나는 그 뜻을 잘 모르면서도 졸면서 어머니와 함께 그 기도를 바쳐야 했다. 그러고 나서 자기 전에는 성서나 옛 성인의 이야기 혹은 우리나라의 고담 중『효자전』을 읽어주셨다.

그것은 물론 내가 그런 성인이나 효자처럼 되라는 뜻이었다. 이때 들은 성인 이야기 중 기억에 남는 성인은 성 베네딕토 요셉 라브르[1748-1783]라는, 거지 행각으로 철두철미 복음적 청빈과 사랑의 일생을 살다 간 성인이다. 그리고『효자전』을 자주 읽어주셨기 때문에 한번은 어머니가 교리문답 공부를 잘 안 한다고 꾸짖으셨을 때 어머니가 들려준 어느 『효자전』의 이야기 그대로 밖에 나가, 내 손으로 매를 만들어 와서 어머니께 드리며 종아리를 드러내고 "어머니, 이 불효 자식을 때려주십시오"라고 한 때도 있었다. 어머니는 물론 그 매로 나를 때리지 않고 다시 한 번 조용히 타이르는 것으로 끝내셨다. 이렇듯 비록 엄하게 다루셨어도 내 기억에 우리 어머니가 직접 매를 드신 일은 한 번도 없었다.

＊

우리집은 참으로 가난하였다. 늘 초가삼간에서 살았고, 대구에서는 한때 셋방살이도 했다. 그런데 우리집 방은 언제나 깨끗이 도배한 방이었다. 우리가 군위 시골 동네에 살 때에도 그러했는데, 그 무렵 그 동네에서 도배한 방은 극히 드물었다. 우리보다 형편이 몇 갑절 나은 집도 벽에 도배는 할 줄 몰랐다. 그러나 우리 어머니는 벽에 도배를 적어도 두 번씩 하셨고—그 중요한 이유는 봄, 가을 두 차례 시골 신자를 방문하러 오시는 신부님을 우리집에서 모셨기 때문이다—우리가 입은 옷도 깨끗한 편이었다. 뿐더러 밥 역시 늘 잡곡이 약간 섞인 쌀밥이었다. 이것도 그 당시 시골에서는 드문 일이었다.

어머니는 우리의 교육에는 엄하셨지만, 먹는 것, 입는 것은 마치 부잣집 같았다. 그 대신 사치란 일체 없었고, 심지어 엿이나 과자 등 군것질도 일체 없었다. 내가 어릴 때 우리집에서는 떡을 한 일이 없었다. 어머니가 처음 떡을 하신 것은 나의 큰 조카—어머니의 첫 친손자—의 돌잔치 때였다. 어머니는 남들이 흔히 해먹는 떡조차 하지 않으셨으나 일상 먹는 음식만은 그 당시 시골에서는 보기 드문 일류 음식이었다. 나는 지금도 그것을 신기하게 생각한다. 그런 가난 속에서 어머니가 우리를 어떻게 그렇게 먹이셨을까하고.

나는 후에 사람들로부터 부잣집 아들같이 보인다는 말을 가끔들은 일이 있다. 다시 말하면 어릴 때부터 귀하게 자란 부잣집 아들처럼 전혀 궁해 보이지 않는다는 것이다. 이것은 가난한 우리집 환경으로서는 상상하기 힘든 일이다. 하지만 내가 그렇게 궁해 보이지 않고 부잣집 아들처럼 보였다면 그것은 순전히 어머니가 우리를 그 가난 속에서도 귀하게 키우셨기 때문이었다고 생각한다.

바로 이 무렵 나는 어머니의 손은 참으로 약손이라는 것을 알게되었다. 배가 아플 때 어머니의 따뜻한 손이 내 배를 부드럽게 어루만지면 아픈 것이 씻은 듯이 나았고, 체했을 때 어머니가 바늘로 엄지손가락 마디를 따서 맺힌 피를 흘리면 체한 것이 즉시 낫는 것은 잦은 일이었다.

그보다도 더 놀라운 것은 우리 큰형이 20대에 집을 나가 일본에가 있다가 다리에 화상을 입어 거의 죽게 되었는데 어머니는 그 소식을 듣자 즉시 일본으로 건너가서 데려오시어 집에서 조약으로 살리신 것이었다. 나는 그때 어린 나이였지만 어머니가 일본말을 한마디도 모르면서 일본까지 혼자 가서, 주소 하나만 들고 형을 찾아내어 기어이 데려온 것이 참으로 놀라웠고 또 화상으로 다리가 썩어가 들것에 실려 왔던 형을 어머니가 온갖 조약을 써서 3년 후에는 완치시켜—약간 절기는 했으나—자유로이 다닐 수 있게까지 하신 어머니의 의술이 참으로 신기했다. 나는 그때 어머니는 어머니이기 때문에 자식의 병에 무슨 약이 좋은지 육감으로 아는 어떤 지혜를 지니고 계신다고 느꼈다.

이렇게 다리가 나은 형은 다시 집을 나가, 이번에는 만주로 가버렸다. 처음에는 편지도 몇 번 있었으나 나중에는 소식이 끊기고 말았다. 우리 어머니는 다시 이 아들을 찾으러 세 번이나 만주에 가셨고, 간도의 연길, 용정을 비롯해 하얼빈까지 찾아가보셨다. 어머니는 당신의 직업과 같이 포목을 이고 다니며 파는 것처럼 이 여행을 하셨다. 세 번 다 아들을 찾지는 못하셨다. 세번째는 하얼빈역에서 꼭 아들처럼 보이는 사람이 있어서 뒤에서 큰 소리로 불렀더니 그 사람은 한번 돌아보곤 그냥 사람들 속으로 사라졌다는 것이다. 우리는 늘 이 이야기를 들을 때마다 가슴이 아팠고, "그럴 리가 있겠습니까? 그 사람이 형이 아니었겠지요"라고 하면 어머니는 "아니다, 어미의 눈은 못 속인다"라고 하셨다.

나는 가끔 우리 어머니를 생각하면 형을 찾아 저 황량한 만주

벌판을 세 번씩이나 가신 모습을 떠올리지 않을 수 없다. 나는 옛날에 어떤 이탈리아 소년이 어머니를 찾아 멀리 남미 부에노스아이레스까지 가는 눈물겨운 이야기를 읽은 일이 있다. 이에 못지않게 자식을 찾아서 일본으로, 만주로, 그것도 세 번씩이나 가신 어머니를 생각하면 가슴이 찡해옴을 아니 느낄 수 없다.

어머니의 사랑—우리 어머니의 사랑—은 참으로 크다. 그것은 잃은 양 한 마리를 찾아서 산과 들을 헤매는 착한 목자의 사랑을 방불케 한다. 사실 나는 어머니의 큰 사랑을 보면서 사랑 자체이신 하느님의 사랑과 자비는 그 얼마나 더 크겠는지 상상해 본다.

＊

어머니의 권고를 거절할 수 없어서 신학교에 들어간 나는 예비과와 서울 동성학교, 그리고 일본 상지대학을 거쳐 대신학교를 다니는 동안 여러 번 신부가 되기 싫은 마음을 가졌다. 그럼에도 결국 신부가 된 것은 물론 첫째로는 하느님의 부르심이 있어서였겠지만 어머니의 기도의 힘이 컸다고 본다.

대구에서 우리 어머니를 아는 이는—우리집은 내가 대구 신학교 예비과에 들어가면서 다시 대구로 이사했다—매일같이 성당에서, 또 대구 주교관 옆에 있는 성모 동굴 앞에서 기도하시는 우리 어머니 모습을 기억할 것이다. 내가 일제시대 말엽 학병에 끌려갔다가 살아서 돌아왔을 때 많은 분들이 어머니의 이 기도 이야기를 들려주면서 그 기도의 힘으로 네가 살아서 돌아온 것이라고 했다.

학병 이야기가 나오니 참으로 잊을 수 없는 일이 하나 있다. 어머니는 내가 막내였기 때문이었겠지만 나에 대한 애정이 대단하셨다. 그런데 자식이란 크면서 어머니의 품을 좀 떠나고도 싶은 것이다. 여기서 나는 가끔 갈등을 느꼈다. 다시 말하면 어머니가 나를 너무 사랑하시는 것 같아서 그게 싫어졌고, 해방되고 싶은 생각마저 들었다. 그 무렵 학병에도 끌려가게 되었고, 하던 공부도 철학이어서 나는 죽음에 대한 생각을 했고, 만일 죽는다면 어머니가 보시지 않는 먼 곳에서 죽고 싶었다. 그것은 어머니가 내 죽은 것을 보고 괴로워하실 것을 나는 보지 못할 것만 같아서였다. 그런데 학병에 나갔을 때 막상 죽을 위험에 임박한 지경에 이르러서는 나는 정반대로 어머니가 보고 싶고, 어머니 품에서 죽고 싶은 강렬한 소망에 사로잡혀버렸다.

내가 이 경험을 한 것은 태평양 한가운데 배 위에서였다. 그때 우리가 탄 배는 근처에 나타난 미군 잠수함에 의해 어느 순간에 어뢰 공격을 받을지 모를 그런 급박한 상황에 놓여 있었다. 우리 배는 2,000톤 급의 작은 화물선이었고, 거기에다가 기름, 폭약 같은 것만 잔뜩 싣고 있어서 한 방 맞으면 그 즉시 배도 사람도 한꺼번에 폭발해버릴 수밖에 없는 것이었다.

그때 갑판 위에서 어느 순간에 닥칠지 모르는 죽음을 기다리면서 나는 수평선 위에 어머니의 모습을 그렸다. 그 즉시 어머니가 보고 싶고, 그 품에 안겨 죽고 싶은 마음이 물밀듯 몰려왔다. 나는 평소에 내가 의식적으로 생각하던 것과 정반대되는 이와 같은 내 본심을 보고 참으로 놀랐다. 어머니 곁을 떠나 죽고 싶다는 것은 순전히 내가 만들어낸 생각이고 나의 본심은 어머니 곁으로 돌아가고 싶은 것이었구나 하는 깨달음을 그때 얻었다.

나는 이 경험 외에도 두서너 번 꿈속에서 평소에 내가 생각하고 느끼던 것과는 전혀 다른 심적 반응을 일으키는 경험을 하고 난 후에는 나의 본심이라는 것, 즉 나의 마음속 깊이 있는 참된 내 모습이 무엇인가 생각하게 되었다.

아무튼 나는 이 경험 이후로 어머니가 내게 얼마나 소중한 분이신지, 참으로 모항母港과 같은 분, 마음의 고향이요, 그 품을 떠나서는 내가 생존할 수도, 존재할 수조차 없다는 것을 깊이 느꼈다.

*

우리 어머니는 당신이 원하시던 대로 먼저 우리 형이 신부가 되는 것을 보셨고, 6년 후인 1951년 가을에 내가 신부가 되는 것을 보시고 참으로 기뻐하셨다.

아마 내 기억에 어머니가 그렇게까지 기뻐하신 것은 달리 없었을 것이다. 어머니는 말씀을 하지 않으셨지만 이날을 위해 얼마나 긴 세월을 기도 속에 기다리며 사셨는지 모를 일이다.

그리고 우리 어머니의 소원은 단지 신부가 되는 것만이 아니라 참으로 성덕에도 뛰어난 신부가 되는 것이었다. 지난해 작고한 우리 형은 어머니께 자상한 분이었지만 어머니 뜻대로 참으로 거룩하게 살다가 간 분이다. 특히 세상을 떠나기 전 십수 년 동안, 의지가지없는 결핵 환자들을 위해 몸 바치면서 자신의 건강은 전혀 돌보지 못하였던 우리 형은 진정 많은 이를 사랑하다가 간 분이다. 내 모습이나 성격이 우리 아버지를 닮았다면 형은 우리 어머니를 더욱 닮은 분이었다. 그래서 그분은 마음씨도 다정하고 인물도 나보다 나은 분이었다.

우리 어머니는 아무튼 당신이 원하던 대로 아들 둘이 신부 되는 것을 보고 4년 가까이 신부인 나를 위해 함께 사시며 기도로써 도와주시다가 1955년 3월에 향년 72세를 일기로 세상을 떠나셨다.

나는 그때 어머니가 사신 집에서 그리 멀지 않은 대구 주교관에서 주교 비서로 일하고 있었다. 어머니가 위급하시다는 소식을 듣고 달려가서 곧 의사를 불러오고 했으나 어머니는 "어머니, 어머니!" 하며 다급하게 부르는 내 가슴에 기대신 채 조용히 선종하셨다.

불효막심한 이야기지만 어머니가 돌아가셨을 때 나는 별로 울지 않았다. 왜냐하면 우리 어머니는 당신 소원대로 아들 둘이 신부 되는 것을 보셨고 당신이 원하던 때에, 영혼의 준비 ―죽음의 준비―를 잘한 후에 돌아가셨기 때문이다.

우리 어머니는 평소에 예수님의 수난을 기리는 사순절에, 또 그것도 성모 마리아를 특히 공경하는 토요일에 가기를 원하셨는데, 원하신 대로 그 철에, 그날에 가셨다. 가신 날에는 중풍으로 누워 계셨던 병상에서 일어나 방 벽에 걸린 십자가를 떼어 들고 성당에 가셔서 그 십자가를 손에 꼭 잡은 채 성로신공을 다 하였고, 때마침 기도하던 노사제에게 다시 한 번 총고해를 하시고, 집에 와 저녁을 잘 드시고 그날 밤에 조용히 가셨다.

아무튼 나는 어머니 장례 때 별로 눈물을 보이지 않았다. 그러나 갑자기 고아처럼 느껴졌다. 내 나이 서른이 넘었는데도 모든 것이 텅 빈 듯했다.

어머니의 장례는 성대하였다. 조문객도 많아서 미사 때는 성당을 가득히 메웠다. 아들 둘이 신부인 것도 영향을 주었겠지만 이웃 전교와 사랑의 실천으로 평소에 존경받아오신 것이 그렇게 많은 분을 오시게 했다고 본다. 우리 어머니는 특히 가난하고 병든 이웃이나 상을 당하여 슬퍼하는 이를 반드시 찾아보시고 기도로써 또는 적으나마 물질적으로도 도움을 주시고 이웃과 아픔을 함께 나누시는 분이었다. 어머니는 가난 속에서도 정이 많으신 분이었다.

어머니가 가시고 난 30여 년 동안에 나는 성묘도 자주 못하였고 어머니를 위한 기도도 자주 드리지 못하였다. 그러나 어머니의 사랑이 얼마나 큰 것인지는 가끔 생각하게 된다. 나는 고린도전서 13장의 '사랑의 찬가'를 좋아하는데 이 세상에서 그 완전한 사랑에 가장 가까운 것이 어머니의 사랑, 우리 어머니의 사랑이라고 생각한다. 우리 어머니라고 결코 완전무결하다고 할 수는 없겠으나, 나에게 어머니의 사랑은 나의 "모든 것을 덮어주고 모든 것을 믿고 모든 것을 바라고 모든 것을 견디어내는"(고린도전서, 13장 7절) 사랑이다. 가실 줄 모르는 사랑, 그것이 나에 대한 어머니의 사랑이다.

나는 어머니가 만주에 가서 소식이 끊긴 아들을 세 번이나 찾아가셨다는 이야기를 했는데, 어머니가 아들을 찾으시기만 했다면 그 아들이 비록 폐인이었을지라도 반드시 당신의 품에 안고 집으로 데려오셨을 것을 의심치 않는다. 나는 우리 어머니가 눈을 감으실 때에 가장 잊지 못하신 것이 그 아들이지 않았나 싶다.

＊

가을 들녘을 보고 서울로 돌아온 지 꼭 일주일 후, 내가 묵었던 수녀원의 수녀님들이 모두 몇 마디씩 쓴 편지를 한꺼번에 보내주었다. 그런데 모두가 지금 그 뜰의 코스모스가 더욱 아름답게 만발하였으니 또 한번 와서 보라는 것이다. 내가 이틀을 묵고 떠나는 날 아침, 그 뜰을 다시 보면서 코스모스와의 이별을 아쉬워하는 것을 보았기 때문일 것이다.

코스모스처럼 청초한 수녀님들의 글을 읽고 있으려니 다시금 우리 어머니가 그 뜰에서 미소 지으며 손짓하시는 것 같다. 코스모스와 어머니, 왜 이렇게 이 가을에는 가신 지 30년이나 되는 어머니 생각이 이토록 나는 것일까?

16

설야 산책

노천명 *

저녁을 먹고 나니 퍼뜩퍼뜩 눈발이 날린다. 나는 갑자기 나가고 싶은 유혹에 끌린다. 목도리를 머리까지 푹 눌러쓰고 기어이 나서고야 만다.

나는 이 밤에 뉘 집을 찾고 싶지는 않다. 어느 친구를 만나고 싶지도 않다. 그저 이 눈을 맞으며 한없이 걷는 것이 오직 내게 필요한 휴식일 것 같다. 끝없이 이렇게 눈을 맞으며 걸어가고 싶다.

눈이 내리는 밤은 내가 성찬을 받는 밤이다. 눈은 이제 대지를 희게 덮었고, 내 신 바닥이 땅 위에 잠깐 미끄럽다. 숱한 사람들이 나를 지나치고 내가 또한 그들을 지나치건만, 내 어인 일로 저 시베리아의 눈 오는 벌판을 혼자 걸어가고 있는 것만 같으냐?

가로등이 휘날리는 눈을 찬란하게 반사시킬 때마다 나는 목도

* 1912~1957. 시인.

리를 더욱 눌러쓴다.

이제 그만 집으로 돌아가야겠다고 느끼면서도 발길은 좀체 집을 향하지 않는다.

기차 바퀴 소리가 유난히 크게 들린다. 지금쯤 어디로 향하는 차일까. 우울한 찻간이 머리에 떠오른다. 그 속에 앉았을 형형색색의 인생들, 기쁨을 안고 가는 자와 슬픔을 받고 가는 자를 한자리에 태워가지고 이 밤을 뚫고 달리는 열차, 바로 지난해 정월 어떤 날 저녁의 의외의 전보를 받고 떠났던 일이, 기어이 슬픈 일을 내 가슴에 새기게 한 일이 생각나며, 밤차 소리가 소름이 끼치도록 무서워진다.

이따금 눈송이가 뺨을 때린다. 이렇게 조용히 걸어가고 있는 내 마음속에 사라지지 못할 슬픔과 무서운 고독이 몸부림쳐 견디어 내지 못할 지경인 것을 아무도 모를 것이다.

이리하여 사람은 영원히 외로운 존재일지도 모른다. 뉘 집인가 불이 환히 켜진 창 안에서 다듬이 소리가 새어나온다.

어떤 여인의 아름다운 정이 여기도 흐르고 있음을 본다.

고운 정을 베풀려고 옷을 다듬는 여인이 있고, 이 밤에 딱다기를 치며 순경巡警을 돌아주는 이가 있는 한 나도 아름다운 마음으로 돌아가야 할 것이다.

머리에 눈을 허옇게 쓴 채 고단한 나그네처럼 나는 조용히 집

문을 두드린다.

　눈이 내리는 성스러운 밤을 위해 모든 것은 깨끗하고 조용하다.
꽃 한 송이 없는 방안에 내가 그림자같이 들어옴이 상장^{喪章}처럼 슬
프구나.

　창밖에선 여전히 눈이 싸르르 싸르르 내리고 있다. 저 적막한
거리 거리에 내가 버리고 온 발자국들이 흰 눈으로 덮여 없어질
것을 생각하며 나는 가만히 눕는다. 회색과 분홍빛으로 된 천정을
격해놓고 이 밤에 쥐는 나무를 깎고 나는 가슴을 깎는다.

17

아, 그리운 집, 그 집

김용택[*]

그 집은 동네의 가운데쯤에 있다. 나지막한 뒷산에는 밤나무가 있고 솔숲이 있다. 그 집 앞에는 고추밭, 무밭 그리고 고추밭에 강냉이잎이 여름과 가을을 정확하게 알려준다.

달이 뜬 여름밤 강냉이잎에 바람이 불면 넓적한 강냉이잎에 떨어진 달빛이 은가루처럼 잎을 흘러내린다. 가을밤에 달이 뜨고 바람이 불면 마른 강냉이잎 부딪치는 소리에 몸이 움츠러든다.

고추밭 지나면 큰길 있고, 그 아래 강변, 다음에 강이다. 강 언덕에는 아름드리 느티나무가 두 그루 있다. 아, 그 강에 강변에 풀꽃들이 강물에 어리면 그 집은 행복해서 어쩔 줄을 모른다.

그 집 마루에 앉거나 눕거나 서거나 강물이 보인다. 그 집 마루에서는 안 보이는 게 없다. 꽃이 피어나는 산도, 강물로 떨어지는

[*] 1948~. 시인.

눈송이도, 해 저물면 강물로 튀어오르는 물고기들의 아름다운 몸짓들도 다 보인다. 강변에는 꽃들이 피고 눈들이 쌓이고 아이들이 논다.

그 집에는 방이 셋, 부엌, 키 작은 내가 세로로 누우면 내 키하고 딱 맞은 마루와 엉덩이 폭만 한 툇마루가 있다. 툇마루는 일터에서 돌아오신 아버님께서 잠깐 땀을 식히시며 앉아 앞산의 단풍과 꽃과 강물을 바라보시던 곳이다.

그 집 어느 방에서 문을 열어도 앞산과 강물의 세월이 보인다. 부엌문을 열고 어머님이 허드렛물을 버리시며, 앞산의 단풍과 봄과 눈 오는 것을 알리곤 하셨다. "하따나, 저 새잎 피는 것 좀 봐라, 꽃보다 더 이쁘다인" 하시거나 "하이고, 눈도 곱게도 오신다" 하신다. 그러면 나는 얼른 방문을 열고 꽃보다 고운 앞산의 새잎들이나 강물로 사라지는 꽃잎 같은 눈송이들을 보다가 문을 닫곤 한다.

그 집 방 세 칸 중에 한 칸은 내 방이다. 내 방엔 창호지 문이 여섯 짝이나 있다. 추석이나 설에 새로 문을 바르고 누워 있으면 방이 환하다. 나는 그 방에서 평생을 보냈다. 내 어느 시 구절처럼 나는 그 방에서 기뻤고, 슬펐고, 사랑에 두 어깨를 들먹였다.

그 방에는 책들이 쌓여가고 내 생각이 자라나 밖으로 가지를 뻗어나갔다. 달이 뜬 밤에는 불을 끄고 창호지 문으로 들어온 달빛에 괴로워했고, 잠 못 들어 했고, 무엇인가를 애타게 그리워했고,

간절하게 무엇인가를 기다렸다. 달빛에 견디지 못하면 툇마루에 나가 앉아 달을 보거나 강변에 나가 헤매거나 징검다리를 건너며 징검다리 물소리를 들었다. 어떨 땐 소쩍새까지 울어대면 참으로 혼자 견디기 힘들었다. 숱한 밤을 그렇게 나는 그 방에서 지냈다. 달빛으로 시를 쓰고 겨울밤 앞산 뒷산 밤바람 소리로 나는 자랐다.

그 좁은 방은 알이었다. 내가 세상의 햇살을 눈부시게 바라볼 수 있는, 세상 밖으로 나올 때까지 그 방은 내게 두꺼운 껍질로 둘러싸여 있는 알이었다. 나는 어느 날 그 알을 깨고 세상에 나왔다. 내가 세상에 나가자 사람들이 그 집에 찾아오기 시작했다. 내가 그 집을 소중하고 귀하게 여겼으므로 많은 사람들도 그 집을 모두 좋아하고 아꼈다.

동생들이 다 커서 객지로 나가고 나는 아버님과 어머님과 함께 그 집에서 오래 살았다. 아버님은 그가 지은 그 집 방에서 돌아가셨다. 아버님과 어머님이 사셨던 그 방. 내가 어쩌다 새벽까지 자지 않고 책을 보고 있으면 새벽에 깨신 아버지 어머니는 도란도란 이 이야기 저 이야기로 날을 밝히곤 하셨다. 자식 걱정, 강 건너 밭의 곡식 걱정, 때론 웃으시고 어쩔 땐 근심 어린 목소리가 내 방을 찾아오기도 했다.

어느 해 봄, 그 집에 한 여자가 찾아왔다. 아버님이 돌아가시고 나서 딱 일 년이 되던 날이었다. 그 여자는 그 집에서 살기로 작정을 했는지 그 집으로 자기의 일생을 옮겼다. 그녀는 그 집 가난한

방과 부엌에서 살았다. 부엌에서는 불을 때서 밥을 했다. 부엌에 연기가 날 때면 그 여자는 매운 눈물을 흘리며 밖으로 나와 바람을 쏘였다.

날이 가물면 나는 강가에 있는 샘에서 물을 길어왔다. 퇴근길 아내가 강에서 빨래를 하고 있으면 나는 얼른 달려가 빨아놓은 빨래를 내 머리에 이고 돌아와 마당 빨랫줄에 널었다.

그 여자는 내 아내가 되어갔고 촌사람이 되어갔다. 촌사람이 되어가면서 아내는 그가 살아온 그것들을 버리고, 삶을 새로 터득하고 몸에 익히며 세상을 배워갔다. 아내는 동네 어른들의 사랑을 한 몸에 받아갔다. 그녀 특유의 침착함과 낙천성은 힘을 얻어갔다. 마을에서 일어나는 일들을 자기의 삶으로 가꾸어갔던 것이다. 아내는 동네 며느리였다.

어느 해 민세가 태어났고, 또 몇 년 있다가 민해가 태어났다. 어머님은 무척 행복해했다. 손자와 손녀를 얻어 날마다 안아주고 업어줄 수 있었으니 얼마나 좋았겠는가. 지금도 그렇지만 시골 어머니들은 손자를 안고 업고 키우는 어머니가 극히 드물었다. 들에 갔다 오시면 어머니는 얼른 민해를 업고 다른 일을 하시거나 마실을 다니시곤 하셨다. 겨울철이면 어머님이 아이들을 보셨고 아이들은 할머니 방에서 할머니의 쭈글쭈글한 젖을 만지며 잤다. 이따금 "너그 아부지가 다 뜯어먹어서 이렇게 생겼다" 그러시면 민세나 민해가 "뜯어먹어?" 하는 소리와 함께 웃음소리가 새어나왔다.

나는 그 집에서 가까운 조그마한 초등학교 선생이었기 때문에 도시락을 싸 들고 학교에 다녔다. 자전거를 가지고 학교에 다닐 때는 자전거 뒤에서 밥이 어쩌나 흔들리던지 반찬이 엉망이 될 때도 있었고 빈 도시락을 싣고 집에 올 때는 딸랑딸랑 시끄러운 소리가 집에까지 따라왔다.

어쩌다 아내가 민해를 업고 민세 손을 잡고 마을에서 훨씬 벗어나 들가에 있는 느티나무 아래까지 마중을 나올 때도 있었다. 그러면 나는 민세를 업고 들길을 걸었다. 어쩔 땐 민세와 민해가 마중을 나올 때도 있었다. 비가 오면 아내는 꼭 우산을 가지고 마중을 나왔다.

강변에는 봄부터 가을 끝까지 꽃들이 쉬지 않고 피어나므로 나는 퇴근 때마다 늘 꽃을 꺾어다가 아내에게 주었다. 꽃을 받아들고 좋아하던 아내의 그 환한 모습은 환하고 아름다웠다.

집에 오면 나는 아이 둘을 보았다. 민해는 업고 민세는 손잡고 강변에 나가 강변 꽃밭에서 뒹굴며 놀거나 물가에서 놀다가 집에 와 몸을 씻겨서 밥 먹여 잠을 재웠다. 민세는 내가 업어주어야 잠이 들었다. 민세를 업고 강 길을 걸으며 "호랭이 온다, 호랭이 와" 그러면 내 등에 얼굴을 찰싹 붙이고 있다가 잠이 들었다.

아이들을 씻겨 밥 먹여 재우고 나서 아내와 나는 빨래도 개고 책도 보고 오래오래 이야기도 하다가 어머님이 마실에서 돌아오시면 아내는 또 얼른 어머니 방으로 가 어머님이 살아오신 이야기들을 들었다. 우리는 그렇게 그 집에서 살았다.

아, 온갖 봄꽃들이 산에 들에 언덕에 눈이 부시게 피어나는 강 언덕에 있는 집, 아직도 늙으신 어머님이 텃밭에 나가 마늘을 가꾸고 상추를 가꾸는 집, 이 세상에 하나밖에 없는 집, 그 집 우리들의 집. 그 집은 나무와 풀과 흙으로 된 아주 작은 집이다.

이 글은 오래전에 쓴 글이다.
지금 어머님은 병원에 계시고
나는 지금도 그 집에 살고 있다.

18

눈 내리는 황혼

채만식 *

잿빛으로 흐린 하늘에서 잔 눈발이 분주히 내린다. 내리는 눈발을 타고 어두운 빛이 소리도 없이 싸여든다. 다섯 시도 다 못 되었는데—

동무가 다 돌아가고 없는 사무실 방은 태고와 같이 고요하다. 등뒤에 새빨갛게 단 난로불만은 볼 때마다 매력이 있다…… 꼭 그러안고 싶게.

그래도 눈이 왔노라고 유리창 바로 앞에 섰는 전나무 바늘잎에 반백로頒白老의 머리같이 눈발이 쌓여 있다.

마당을 건너 판장 울타리 밖으로 두부장사가 울고 지나간다.

"두부나 비지 사—"

가는눈 내리는 황혼에 가장 알맞은 구슬픈 소리다.

* 1902~1950. 소설가.

마당 옆에 잊어버리고 놓아둔 듯이 따로 놓인 생철지붕 굴뚝에서 파르스름한 연기가 시장스럽게 솟아오른다.

남산은 감감하여 봉우리만 희미하게 내어다보인다.
기와집에는 고랑만 하얗게 줄이 졌다.
문자 그대로 알몸만 남은 앞마당의 은행나무 가지에 참새가 한 마리······
단 한 마리 오도카니 앉았다.

갈 곳이 없나?
재작거리지도 아니하고 새촘히 앉았다가 무엇을 생각하였는지 호르르 날아 건넛집 지붕 너머로 사라진다.
그래도 참새는 갈 곳이 있는 게지.
눈발이 좀 굵어진다······ 굵은 놈이 잔 눈발에 섞여 내린다.
황혼은 한 겹 두 겹 더욱 짙어간다.
눈도 더욱 바쁘게 내리고 난로불도 더욱 새빨갛게 달아간다. 사람의 마음도 그침 없이 깊이 들어간다.
이 모양 이 자태가 변함이 없이 영원으로 이어진다면!
이 '비극의 표정'을 이대로 영원히 두고 보고 싶다.

19

꾀꼬리 소리

이광수[*]

오늘 아침에 첫 꾀꼬리 소리를 들었다. 오늘이 오월 십구일. 우리 봉아가 나던 아침에 꾀꼬리도 울기도 울었다. 청낭_{晴朗} 자신인 듯한 첫여름의 아침. 이러한 때에 꾀꼬리 소리는 가장 어울리는 프로그램이다.

그해 천구백이십칠년 유월 일일, 내가 각혈을 하고 절대 안정의 병석에 누웠을 제 잠 아니 오는 밤, 또는 최면약을 다량으로 먹고야 가까스로 한잠 들었던 밤이 지나고 창이 훤하여 올 때에는 으레 성균관 숲에서 꾀꼬리 우는 소리가 울려온다.

"꾀꼬리오, 고리, 고리, 고리오—"

"꾀꼬리오, 개개개 객—"

[*] 1892~1950. 소설가, 언론인.

나는 누워서 20여 종의 꾀꼬리 가사를 구별하도록 꾀꼬리 소리를 듣고 있었다. 그 맑은 소리, 그 연연한 소리, 그 다정스럽고 욕심기 없는 소리—그러고도 결코 그는 경박하거나 천박한 시인은 아니다……

나는 죽어서 새로 태어난다면 꾀꼬리로 태어나리라고 몇십 번인지 수없이 생각하였다.

자연이 발하는 소리 중에 가장 아름다운 소리—그것은 여름 아침에 듣는 꾀꼬리 소리라는 데 반대할 존재가 있을까?

"꾀꼬리는 부르주아 가객歌客인가, 프롤레타리아 시인인가."

나는 이 문제를 제출해보았으나 내 마르크시즘 지식으로는 분명한 해답이 아니 나왔다. 그는 다만 가장 목청 고운 가객이요 또 가장 첫여름의 자연을 이해하는 시인이라고 생각하였다.

아름다운 연애시인

있는 자는 다 무상이다. 영원인 듯한 우주 자신도 날로 노쇠와 괴멸의 길을 밟거든 하물며 일개 조그마한 꾀꼬릴까보냐. 그는 노란 털, 그 고운 소리를 내는 성대, 그의 사랑에 볼록거리는 가슴, 그것도 아마 십 년을 넘지 못하여 스러져버릴 것이다.

여기서 우리는 무상의 슬픔을 느낀다.

작년 내가 수술을 받고 누웠을 때 일기에 이러한 일절이 있다.

사선에 출입하는 병을 앓으면 더욱 사람의 생명이 무상함을 깨닫는다. 더구나 어린 자식을 볼 때에 그러하다. 고공高空, 무상, 무아.

그렇지마는 무상이 반드시 슬프기만 한 일은 아니다. 꾀꼬리 소리를―방긋 웃는 한송이 꽃을―토실토실한 어린 아기의 몸을― 젊은 사람의 몸과 정열을―석양을 지새는 달빛이 무상하다고 아니 아름다울 수는 없다. 아니, 도리어 그것들이 무상한 것이기 때문에, 지금 있다가 없어질 것이기 때문에 도리어 아깝고 가련한 것이 아니고, 그것들이 만일 영원한 것이라면 도리어 이상하지 아니할까.

모든 있는 것은 없어질 것이다. 없어질 것이기 때문에 슬프기도 하거니와 또 아름답기도 한 것이다. 이 꽃이 피기 전에, 이 꾀꼬리 소리가 끊이기 전에 이 청춘의 몸과 정열이 가시기 전에 보자, 듣자, 살자 할 것이다.

20

이상하다, 내 삶을 바라보는 것은

류시화 *

거미의 계절이 왔다. 오월과 유월 사이, 아침에 일어나면 내 집 뜰의 나무들 잎사귀 틈에 거미줄이 이슬과 함께 반짝인다. 거미는 한쪽에 움직임 없이 매달려 비스듬히 햇살을 받고 있다.

나는 가끔 정원에서 거미를 바라보며 서 있곤 한다. 거미는 더없이 명상적이다. 바깥의 움직임에 깨어 있으면서 내면을 응시하는 단단한 시선이 있다. 거미에게 가끔 말을 걸지만 그것은 부질없는 짓이다. 그의 침묵을 방해할 뿐이다.

우리집 정원을 나는 좋아한다. 나무들이 빙 둘러쳐져 있어서 마치 하나의 내면 세계처럼 이곳은 고요하고 아늑하다. 거미의 계절이 되면 풀들이 우거지고 봄 내내는 민들레가 꿈결처럼 떠다니는 곳, 전혀 손대지 않고 가꾸지 않는 이 정원에서 아침마다 내 명상

*   1958~. 시인.

은 깊어져갔다.

그리 넓지 않지만 이곳에 갖가지 나무가 있고 풀들이 있다. 언제부턴가 나는 이 정원을 '가꾸지' 않기로 했다. 한낮의 뙤약볕 아래서 열흘이 멀다 하고 잡초를 뽑아야 하는 수고도 그렇지만, 그냥 자연스러움이 좋았다.

인간이 자연의 위대함을 깨닫지 못하고 정복하고 다스려야 할 어떤 것으로 알아 손을 대기 시작하면서부터 얼마나 많은 조화와 위엄을 망가뜨렸는지 모른다. 그래서 급기야는 모든 것을 인간 위주의 눈으로 보아 파헤치고 추려낸 나머지 생명이란 나의 목적을 위해 이용하고 파괴해야 할 것으로 되어버렸다. 그것에서 인간의 비극은 시작되었다.

한때 이 정원에도 그러한 시기가 있었다. 잔디를 보호한다는 목적 아래 수많은 다른 풀들이 뽑혀져나가고 벌레들이 쫓겨났다. 거미들도 찾아오지 않았다. 나무들은 한 해가 멀다 하고 가지치기를 당했다. 그래서 깨끗하고 잘 다듬어지긴 했으나 그것은 어디까지나 인간의 눈에 잘 보이기 위함이었다.

그러는 동안 많은 사람들이 이 정원을 다녀갔다. 나와 함께 구도의 길을 걷는 친구들, 내 책을 읽은 독자들, 그리고 여행중에 들른 외국인 구도자들, 그들은 이 정원에 모여 대화를 나누거나 말없이 앉아 있다가 가곤 했다.

얼마나 많은 사람들이 마음의 병에 시달리고 무엇인가 손에 잡히지 않는 것을 찾아 헤매는지 모른다. 그것은 우리가 세상에 태어난 순간부터 남의 기준에 맞도록 끝없이 가지치기를 당했기 때문이다. 정작 중요한 것들은 잡초로 취급되어 잘려졌다. 그래서 삶을 살면서 진정 가슴이 두근거리는 일을 하고 있는 이들은 찾아보기 어렵게 되었다.

그것이 인간의 숙명이라고 결론 내리기엔 아직 이르다.

봄이 되면 이 정원에서, 보호받는 잔디보다 수많은 다른 풀들이 먼저 싹을 내미는 이유는 무엇인가? 뿌리가 살아 있는 한 그것은 죽지 않고 기회만 주어지면 금방 키가 커서 푸르러진다. 진정으로 살아 있다는 것은 얼마나 좋은가.

겨울은 춥지만 내면에 불꽃을 간직한 한 알의 작은 씨앗만으로도 충분하다. 사실 모든 씨앗은 그 속에 하나씩 태양을 간직하고 있다. 이 내면의 태양이 바깥의 태양빛을 받는 순간 생명이 탄생한다.

손을 대지 않고서부터 한 달이 채 안 가서 원래의 잔디는 순식간에 잡초들에게 점령당했다. 스무 평 남짓한 이 정원에 온갖 풀들과 꽃들이 피어나기 시작했다. 사방에서 초대받지 않은 벌레들이 찾아왔다.

어떤 나무는 가지치기를 하지 않아서 한쪽으로 기울어질 정도가 되었다. 그것을 담쟁이가 휘감고 올라갔다. 작은 바위를 들추면 그곳에 설탕을 뿌린 듯 개미알이 가득했다.

그러고는 놀라운 일이 일어났다. 수많은 새들이 이 정원으로 날

아온 것이다. 이곳에 야생의 풀과 나무와 벌레 들이 있으니 새들은
더없이 좋았다. 이른 아침부터 어두워질 때까지 이 정원에 한순간
도 새소리가 그칠 날이 없다.

요즘 들어 나에게 가장 좋은 명상이 있다면 그것은 저 새소리를
듣는 것이다. 이 집에 드나드는 사람들은 주로 명상과 깨달음에
대한 대화를 나눈다. 나는 그들의 대화보다 저 새소리에 귀기울이
는 편이다. 그것은 나를 깨어 있게 하고 더불어 내 안의 침묵으로
인도한다.

금세기의 위대한 명상가였던 지두 크리슈나무르티에 대한 일화
가 있다. 하루는 그가 그를 따르는 사람들과 함께 기차로 인도 여
행을 한 적이 있었다. 사람들은 기차 안에 모여 앉아 명상이 무엇
인가를 놓고 토론을 벌였다. 몇 시간이 가도 결론이 나지 않자 그
들은 말없이 앉아 있는 크리슈나무르티에게 명상이 무엇인가를
물었다.

크리슈나무르티는 그들을 바라보면서 말했다.

"우리가 타고 가는 이 기차가 조금 전에 철로에서 염소를 한 마
리 치었습니다. 그래서 기차가 잠시 멎었다가 떠났습니다. 그런데
여러분들은 명상 토론에 열중해 있느라 그러한 일이 일어난 것을
몰랐습니다. 그것은 명상과는 거리가 먼 것입니다."

이른 새벽 잠에서 막 깨어나 혼자서 문을 열고 이 정원에 서면

침묵과 평온함이 주위를 감싼다. 가끔씩 정적을 깨는 새소리가 오히려 침묵을 더 깊게 한다.

나무들도 이파리를 흔들지 않고 고요하다. 새벽에 이곳에 서 있으면 침묵은 더 이상 불편한 것이 아니고 말 그대로 사념의 사라짐이다. 여기 과거도 없고 미래도 없다. 사실 지금 이 순간에 좋으면 그것은 영원한 것이다. 우리가 과거나 미래로 달려가지 않는다면 말이다.

이곳에서 바라보이는 집 뒤의 산들이 서서히 밝아진다. 이 시간을 인도에서는 하늘과 땅이 맞닿는 시간이라고 부른다. 그래서 그들은 이 시간을 명상하는 시간으로 택했다. 다시 말하자면 명상은 분위기인 것이다. 내가 억지로 만드는 것이 아니라, 명상은 내가 그 분위기에 있을 때 나에게로 내려오는 것임을 나는 이 정원에서 알았다.

어둠이 걷히면서 작은 풀꽃들이 얼굴을 내민다. 해는 아직 떠오르지 않았지만 주위가 밝아온다. "마지막 날인 것처럼 오늘을 맞이하자"고 크리슈나무르티는 말했다. 순간순간 시간들은 흘러가고 있지만 여기 이 정원의 풀과 나무 들에게 과거나 미래는 없다. 오직 현재만이 있을 뿐이다.

그리고 문득 고개를 돌렸을 때 그곳에 거미가 걸려 있다. 움직이지 않고 내면을 들여다보고 있다. 초록색 등을 웅크리고서 여러 개의 다리는 마치 허공을 붙잡고 있는 듯하다.

때로 거미가 고독해 보였던 적이 있었다. 거미를 보면 내 자화상을 보는 듯하던 때가 있었다. 내 삶이 그러했었다. 마치 이 삶에서 고독은 숙명인 것처럼 꿈에서마저 나는 갈 곳이 없었다. 많은 철학과 예술세계에 탐닉하던 시절도 가버리고, 다시 거미처럼 내 안을 들여다보기까지는 참으로 오랜 세월이 걸렸다.

아, 다시는 지나간 세월에 대해 말하지 말자. 손을 흔들며 사라져간 그것들에 대해.

거미의 계절이 왔다 오월과
유월 사이
해와 그늘의 다툼이 시작되고
거미가 사방에 집을 짓는다

이상하다 거미줄을 통해 내 삶을 바라보는 것은
한때 내가 바라던 것들은
거미줄처럼 얽혀 있고 그 중심점에
거미만이 고독하게 매달려 있다

돌 위에 거미의 그림자가 흔들린다
나는 한낮에 거미 곁을 지나간다
나에게도 거미와 같은 시절이 있었다

거미, 네가 헤쳐나갈 수많은 외로운 시간들에 대해
나는 아무것도 알지 못한다

거미에게 나는 아무 말 하지 않는다
다만 오월과 유월 사이
내 안의 거미를 지켜볼 뿐
모든 것으로부터 달아난다 해도
나 자신으로부터 달아날 수 없는 것

나는 해를 배경으로 거미를 바라본다
내가 삶에서 깨달은 것은 무엇이고
또 깨닫지 못한 것은 무엇인가
거미는 언제나 내 곁에 있었다
내가 그것을 알아차리지 못했을 때에도
거미는 해를 등진 채 분주히 집을 짓고 있었다

류시화, 「거미」 전문

21

꽃송이 같은 첫눈

강경애 *

오늘은 아침부터 해가 안 나는지 마치 촛불을 켜대는 것처럼 발 갛게 피어오르던 우리 방 앞문이 종일 컴컴했다. 그리고 이따금씩 문풍지가 우릉릉 우릉릉했다.

잔기침 소리가 나며 마을 갔던 어머니가 들어오신다.
"어머니, 어디 갔댔어?"
바느질하던 손을 멈추고 어머니를 쳐다보았다. 치마폭에 풍겨 들어온 산뜻한 찬 공기며 발개진 코끝.
"에이, 춥다."
어머니는 화로를 마주 앉으며 부저로 손끝이 발개지도록 불을 헤치신다.

* 1906~1943. 소설가.

"잔칫집에 갔댔다."

"응, 잔치 잘해?"

"잘하더구나."

"색시 고와?"

"쓸 만하더라."

무심히 나는 어머님의 머리를 쳐다보니 물방울이 방울방울 서
렸다.

"비 와요?"

"비는 왜? 눈이 오는데."

"눈? 벌써 눈이 와? 어디."

어린애처럼 뛰어 일어나자 손끝이 따끔해서 굽어보니 바늘이
반짝 빛났다.

"에그, 아파라, 고놈의 바늘."

나는 이렇게 중얼거리며 옥양목 오라기로 손끝을 동이고 밖으
로 뛰어나갔다.

하늘은 보이지 않고 눈송이로 뿌하다. 그리고 새로 한 수숫대
바자(대나무, 갈대, 수수깡 따위로 발처럼 엮은 울타리) 갈피에는 눈이 한 줌
이나 두 줌이나 되어 보이도록 쌓인다.

보슬보슬 눈이 내린다. 마치 내 가슴속까지도 눈이 내리는 듯했
다. 그리고 나는 듯 마는 듯한 냄새가 나의 코끝을 깨끗하게 한다.

무심히 나는 손끝을 굽어보았다. 하얀 옥양목 위에 발갛게 피가 배었다.

'너는 언제까지나 바늘과만 싸우려느냐?'

이런 질문이 나도 모르게 내 입속에서 굴러 떨어졌다.

나는 싸늘한 대문에 몸을 기대고 어디를 특별히 바라보는 것도 없이 언제까지나 움직이지 않았다. 꽃송이 같은 눈은 떨어진다, 떨어진다.

22

4월에 피는 꽃 물망초 이야기

방정환[●]

—꽃 속에 젖어 있는 불쌍한 유언—

4월에 피는 꽃에 물망초라는 풀꽃이 있습니다.

우리나라에도 이 꽃이 널따란 들에 조그맣게 피어 있지마는, 이름조차 아는 이도 없어 보아주는 이도 없고, 위해주는 이도 없이 가엾게 그냥그냥 잡초처럼 버림을 받고 있습니다.

물망초! 물망초! 잊지 말라는 풀! 그 이름부터가 얼마나 사랑스럽고 연연한 이름입니까?

화려한 색깔도 없고, 그렇다고 좋은 향기도 없는 꽃이지마는, 물망초라는 애련한 이름을 가진 하늘빛같이 파르스름한 조그만

● 1899~1931. 아동문학가.

그 꽃은 마치 두 손을 가슴에 안고, 무언지 홀로 깊은 생각 속에 들어 있는 소녀와 같이 보드랍고 연연한 귀여운 꽃입니다.

아아, 잊지 말아달라는 풀, 물망초! 이름만 들어도 가련한 색시의 애원을 듣는 것같이 애련하고도 사랑스럽거든, 그 조그만 꽃 속에 잠겨 있는 가련한 내력의 이야기를 알면, 누가 이 꽃을 귀여워하지 않을 사람이 있겠습니까?

아무 찬란한 빛깔도 없고, 아무 좋은 향기도 없는 조그만 이름 없는 풀이 세상 사람들에게 물망초, 물망초 하고 불리면서, 귀염을 받게 되기까지에는 옛날 어느 한 사람의 기사騎士의 불쌍한 죽음이 숨어 있는 것입니다.

그것은 멀고 먼 옛적에 독일이란 나라에 곱게 잘생긴 젊은 기사가 한 사람이 있었습니다.

어느 일기 좋은 날, 기사는 자기와 혼인할 약속을 정해놓은 처녀와 함께 여러 가지로 재미있는 이야기를 하면서 다뉴브 강이라는 강가를 산보하였습니다.

기사가 사랑하는 그 처녀는 그야말로 하늘 위의 선녀같이 곱고 아름다운 색시였고, 그의 입고 있는 푸른 비단옷에는 하늘에 반짝이는 별같이 보석이 반짝거렸습니다.

그리고, 그 처녀의 옥같은 손을 잡고 가는 기사는 참으로 사내

답고 풍채가 좋은 데다가, 훌륭해 보이는 기사의 복장을 입고 있어서, 색시보다 지지 않게 잘생긴 남자였습니다. 두 사람은 서로서로 손목을 잡고 걸어가면서, 이야기하는 데 재미가 들어서 어디까지 얼마나 멀리 왔는지 모르게 이야기만 소곤소곤 하면서 걸었습니다.

이렇게 강변으로 한참 동안이나 가다가 언뜻 보니까 어디서부터 흘러오는지 길고 긴 강물 위에 조그맣고 파란 풀이 떠서, 물결과 함께 흘러 내려옵니다.

어렸을 때부터 화초를 좋아하는 색시는 그것을 보고 기사의 손을 잡고 발을 멈춰 서서, 무슨 풀인가 하고 보고 있었습니다. 물에 뜬 그 풀은 두 사람이 서 있는 곳 가까이 흘러왔습니다. 보니까, 그 파란 풀 끝에 엷은 하늘빛의 아름다운 꽃까지 피어 있지 않습니까?

아마 이 강물이 흘러내려오는 저 꼭대기, 사람도 안 사는 들가에 저절로 피어 있던 꽃이 어떻게 물 위에 뜨게 되어서 그대로 그대로 흘러내려온 것인가 봅니다.

흔히 보지도 못하고 이름도 모르는 그 조그맣고 예쁜 풀꽃이, 도회지에서 자라난 처녀에게는 어떻게 신기하고 귀엽게 보였는지 모릅니다. 더구나 처녀는 어렸을 때부터 화초를 좋아하던 터이라,

지금 본 그 어여쁜 꽃을 그냥 그대로 물에 떠내려가게 내버려둘
수는 없었습니다. 그래서,

"아이고, 저 꽃을 잡았으면, 저 꽃을 잡았으면……"
하고 안타까워하였습니다.

사랑하는 색시가 잡아 가지려고 하는 것을 보고 기사는 그냥 그
꽃을 잡으려고 강물로 텀벙 뛰어들어갔습니다. 물속으로 한 걸음
한 걸음 꽃을 잡으려고 들어가서 기어코 그 공중색 파란 꽃 핀 풀
을 잡아들었습니다. 강가에 서있는 처녀는 그 꽃 잡은 것을 보고
기꺼워하였습니다.

그러나 애달픈 큰일이 생겼습니다. 기사는 그 꽃을 잡기는 잡았
으나, 입고 있던 갑옷이 무거워서 물속으로 점점 가라앉아갑니다.
얼른 다시 나오려고 돌아서려고 아무리 애를 썼으나, 갑옷에 싸인
무거운 몸을 어쩌지 못하고 그대로 물속에 가라앉게 되었습니다.

물가에서 이 광경을 본 처녀는 놀래서, 소리를 질러 구원을 청
하였으나 원래 인적 없는 적적한 곳이라, 뉘라도 그 소리를 듣고
올 사람이 없었습니다. 처녀는 그만 어찌할 줄을 모르고, 미친 사
람같이 날뛰는데 벌써 기사는 몸이 다 잠겨서 인제는 누가 와도
구원할 수 없이 되었습니다. 처녀는 아무래도 하는 수 없이 발을
구르며 섰는데, 마지막 가라앉는 불쌍한 기사는 마지막 기운을 들

여 손에 쥐었던 그 풀을 처녀 섰는 곳을 향하여 던져주고, 마지막 마지막 유언으로,

"잊지 말아 주십시오"

하는 불쌍한 소리가 가짓빛으로 변한 입에서 간신히 나왔습니다.

이렇게 하여, 기사는 영영 물속에 가라앉아버리고 처녀는 기사가 던져준 풀을 기르며, 울면서 울면서 눈물로만 지냈답니다. 그 후부터는 진한 푸른빛 잎에서 맑은 하늘빛 연연한 눈동자를 꿈벅이고 있는, 그 꽃을 세상 사람들이 잊지 말라는 풀이라고 부르게 된 것입니다. 그래서,

"물망초, 물망초!"

하고, 귀엽게 여기며 정다운 친구에게나 사랑하는 사람에게 잊지 말라는 뜻으로 이 꽃을 서로 보내는 것입니다.

아아, 애련한 꽃, 물망초! 조그만 그 꽃에는 지금도 기사의 불쌍한 넋이 맺혀 있을 것입니다.

23

가을의 마음

최서해 *

1

　시내에 살 때보다 시외에 살게 된 이후로부터 자연과는 가까와
졌다. 항상 하는 일 없이 분주하고 간혹 한가한 때라도 지친 몸을
움직이기 싫어서 일부러 자연을 찾지 않아도 매일 보게 되고 듣게
되는 것이 자연의 빛과 소리다. 그렇다고 거기 마음을 쓰려고 하
는 것도 아니요, 너는 너고 나는 나로 지내지만 보지 않으려고 하
여도 눈에 띄게 되고 듣지 않으려고 하여도 귀를 울리게 되다시피
되니까 딴생각으로 여념이 없던 마음도 때로는 솔깃하게 된다. 벌
레 소리만 하여도 금년에 가장 많이 들었고 때로는 들어보려고 일
부러 귀를 기울이기도 하였다. 이것은 나에게 있어서 서울 생활

* 1901~1932. 소설가.

이래의 처음 일이다. 이것도 생각하면 금년에 시외로 쫓겨나온 덕택이다.

시내라고 벌레 소리를 못 듣게 되는 것은 아니다. 시내에서도 벌레 소리는 들을 수 있다. 마루 밑에서 굴러나오는 귀뚜라미 소리와 마당 한 귀퉁이 어디선지 흘러나오는 이름 모를 벌레 소리는 들으면 들을 수 없는 것은 아니다. 그러나 그 소리는 좀처럼 청각을 울리지 못한다. 사람의 함성과 사람의 손으로 만들어놓은 온갖 것의 갈리는 소리에 한두 마리의 벌레 소리 같은 것은 이리 찢기고 저리 찢겨서 그 존재조차 알리지 못하게 된다. 간혹 모든 소리가 잠자는 고요한 깊은 밤이면 마루 밑에나 마당가에서 흘러나오는 벌레 소리가 베갯머리에 떨어지지 않는 바가 아니로되 온갖 잡념과 낮 사이 시끄러운 소리에 마비된 머리는 그 소리를 들으려고도 하지 않거니와 듣는 데도 하등의 감상을 일으키지 않는다.

내가 시외에 나와서 처음 귀기울여 들은 것은 매미의 소리였다. 앞산 송림으로 굴러나오는 매미의 소리는 여름 사람의 주의를 끌게 되었다.

시외의 집은 바로 산 밑이나 마루에 나앉으나 방문을 열어놓으면 바로 마당가에 금화산 한 줄기가 막혀서 안계眼界가 트이지 못한 것은 갑갑지 않은 바가 아니로되 건조 무미한 기와 지붕이 앞을 막은 것보다도 얼마큼 나은 일이다. 거기는 아카시아와 송림이 우거졌다.

산이 가린 관계인지 집에 바람은 잘 통치 못하나 고양이의 이마빡만한 마루에 누워서 쨍쨍한 볕 아래 스쳐가는 바람에 녹엽이 우거진 가지와 가지가 한들거리는 것만 보아도 먼지투성이가 된 시내 집들의 포플라 보는 것보다는 시원하고 운치가 있다. 그 속에서 흘러나오는 매미의 소리는 먼 하늘 밖에 건듯이 떠서 초사(焦土)에 서늘한 맛을 뿌리는 것 같다.

여름 숲으로 흘러나오는 것은 매미의 소리뿐만이 아니다. 그러나 여름 사람의 마음 위에 샘물같이 흘러드는 것은 매미의 소리다. 매미의 소리는 불 같은 볕발이 이글이글하는 여름 한낮에 들더라도 새벽에 마신 맑은 이슬을 뿜어놓는 것같이 들린다.

그러나 매미는 소리의 세계만이 늘 있지 않다. 그 소리도 때(時)의 힘은 어쩔 수 없다. 가을철을 접어들면서부터는 듣는 사람에게 그처럼 신기한 맛을 주지 못하게 된다. 여기저기서 기식(氣息)이 미미하던 온갖 벌레가 선들거리는 바람에 기세를 올리게 되면 그들의 요란한 교향악은 한여름에 기세를 펴던 매미의 소리까지 싸고 남음이 있다.

가을은 실로 온갖 벌레의 천지다.

어느 귀퉁이에 틀어박혀서 존재조차 알릴락 말락 하던 벌레 소

리도 가을바람 앞에는 여물어서 소리소리 듣는 사람의 청각을 분명히 울린다.

2

늦은 여름부터 높아간다는 생각을 일으키던 벌레 소리는 하루 이틀 지나는 사이에 더욱더욱 여물어서 요새는 벌레 소리의 천지가 되었다. 어디 나갔다가 집으로 찾아들면 들리는 것은 낮이나 밤이나 벌레 소리뿐이다. 성냥갑만한 집에 세 집 식구가 들끓으니 그렇게 조용한 집은 아니나 벌레 소리에 사람의 소리가 쌔일 지경이다. 간혹 가다가 눈에 뜨이는 큰놈 작은놈 들이 형체는 어디다 늘 감추는지 소리만 요란히 지른다. 생명이 사라져 입이 닫히기 전에 한 가락이라도 더 읊으려는 듯이 큰 소리 작은 소리를 길고 짧게 목통이 터지도록 지른다.

그들은 다 각각 제소리를 지르는 것일 것이다. 그 모든 소리가 얼크러져 씨가 되고 날이 되어서 듣는 사람에게는 한 덩어리의 복잡한 자연의 음악을 이룬다.

그 소리를 가만히 듣고 있으면 무상한 생명의 소리를 듣는 것 같다.

오래지 않아 내리는 서리에 입이 닫혀질 것은 벌레만이 아니다.

길고 짧은 시간의 차이가 있을 뿐이지 소리를 지르는 그들의 생명이나 그 소리를 듣는 사람의 생명이나 스러지기는 마찬가지다. 그 길고 짧다는 시간의 차이도 우주의 끝없는 데 견주어 보면 길다면 얼마나 더 길며 짧다면 얼마나 더 짧으랴. 모두 석화전광에서 다를 것이 없을 것이다. 거기서 길고 짧은 것을 말한다는 것이 도리어 우스운 일 같다.

그렇게 생각하면 생각할수록 짜릿한 기분을 벗을 수 없다. 뛰던 생명이 사라지는 것은 생명으로서는 면할 수 없는 일이다. 그러나 그것은 면할 수 없는 운명이라고 생각하면서도 그 운명을 슬퍼하게 된다.

그 운명을 슬퍼함으로 현재 목전에 보이는 벌레의 운명을 자신의 운명으로 느끼게 된다. 젊은 사람의 가슴을 그처럼 울리는 벌레 소리거니 늙은이의 가슴에는 더할 것이다. 숲속에서 흘러나오는 그 온갖 벌레 소리를 타고 덧없이 보낸 옛날의 청춘 시절을 더듬어오르는 늙은이의 마음이여! 얼마나 애달프랴? 서리 친 머리 카락을 만지면서 '숙석청운지宿昔靑雲志'의 탄嘆을 뇌이지 않을 수 없을 것이다.

동물학자의 말을 들으면 벌레 소리는 그들 생명의 무상을 탄하는 것이 아니라 이성이 이성을 부르는 소리라고 한다. 그들은 밤이나 낮이나 이성을 찾아 그처럼 목이 터지도록 소리를 지른다.

그것도 생각하면 무상을 부르짖는 소리라 하지 않을 수 없다. 그들에게도 이성을 그리는 때가 있을 것이다. 사람이 이성을 그리는 젊은 시절이 있듯이 그들에게도 이성을 그리는 때가 반드시 있을 것이다. 그때가 지나면 만사가 휴의(休矣)다. 어찌 생각하면 그때만 지나버리면 아무 상관없을 것 같으나 그런 것은 아니다. 한 있는 생명에 부여된 좋은 시절을 그 시절에라야만 할 수 있는 것을 하지 못하고 놓치는 슬픔과 뒤에 이르러 좋은 시절을 덧없이 보낸 회상의 슬픔은 무엇보담도 가장 큰 슬픔이다.

벌레 소리는 이성을 부른다 하더라도 동시에 때를 조이는 소리다.

시절이 흐르기 전에 그 시절의 혜택을 놓치지 말라는 그들은 생명의 원(靈)이라 할 것이다.

이성을 그리고 찾는 생각은 벌레에게만 있는 것이 아니다. 그러한 원시적 소리는 남양인들 사이에서도 들을 수 있다고 들었다.

그들은 콧소리나 휘파람으로도 군호를 삼곤 한다. 풀잎이나 나무 껍질 피리로도 사랑하는 사람을 부른다고 한다. 우수 달밤 애인을 기다리는 애인의 귀에 애인을 찾아 숲속으로 흘러나오는 그 소리는 상상만 하여도 젊은 사람의 가슴에 로맨틱한 물결을 일으킨다.

천 마디 만 마디의 말보다 그 한 소리가 그들의 가슴에, 아니 우리들의 가슴에까지 더욱 힘있게 울릴는지 모른다. 우리들의 한 옛날 조상들도 그렇게 연남정녀(戀男情女)를 서로 불렀을 것이다.

3

벌레의 울음은 그들이 이성을 부르는 소리라고 동물학자가 우리에게 가르쳐준다는 것은 위에도 말한 바이거니와 벌레 소리를 그런지 저런지 모르고 듣더라도 때로는 듣는 사람에게 이성에 향한 그리운 마음을 더욱 돋아주게 된다. 어찌 들으면 그리운 사람의 부르는 소리 같기도 하고 어떤 때에는 그 소리가 되어 그리운 사람을 불러보고도 싶다. 그것이 어찌하여 그런지는 모르나 어쩐지 그렇게 느껴지는 때가 있다.

님 그린 상사몽想思夢이 실솔蟋蟀의 넋이 되어
추야장秋夜長 깊은 밤에 님의 방에 들었다가
날 잊고 깊이 든 잠을 깨워볼까 하노라

반야잔등半夜殘燈 공규空閨에 떨어지는 기러기 소리를 그리운 이의 음신音信인가 바라고 그 소리에 그리운 정회를 붙이고 싶은 것과 마찬가지로 깊은 가을밤 상사몽을 깨인 사람의 귀에는 귀뚜라미의 소리도 무심히 들리지 않을 것이다. 깨고 나면 도리어 환멸을 느끼게 되는 야속한 꿈보다 그 꿈을 이루게 하는 그리운 정이 차라리 귀뚜라미의 소리나 되었으면 그리운 님의 방에 살그니 들었다가 그가 그를 생각하고 애태우는 사람을 잊고 깊이 든 잠을 똘똘

똘 불러 깨우고 싶도록 그리운 마음이 더욱 간절하여질 것이다. 그 가슴이 얼마나 안타까우랴.

그것은 어찌 귀뚜라미의 소리뿐이랴. 온갖 벌레 소리가 모두 그러한 가슴에는 그렇게 울려질 것이다.

4

벌레 소리도 그처럼 벌레를 따라 고저장단이 다르거니와 듣는 사람도 사람을 따라 그처럼 감상이 다른 것이다. 일반적으로 공통된 감상을 일으키게 되는 것도 물론이고…… 그 밖에도 또한 장소를 따라 다른 소리도 있거니와 같은 소리건만 달리 들리는 것도 많이 있다. 산에서 듣는 맛이 다르고 들에서 듣는 맛이 다르다. 같은 여치, 쓰르라미, 귀뚜라미 등의 소리건만 옛날 심산에서 듣던 맛과 지금 이렇게 도회지 한 귀퉁이에서 듣는 맛은 결코 같지 않다. 고요한 심곡에 반향을 일으키던 벌레 소리는 소연騷然하면서도 조화調和가 되어서 잠긴 맛이 있고 맑고 차면서도 어디라 없이 그윽한 기분이 흘렀었다. 맑은 호숫물 같은 고요한 달밤에 그 소리를 가만히 듣고 있으면 풀리는 정서가 오령五齡된 누에의 실을 토하듯이 일사불란의 느낌을 주고 맑아지는 마음은 그윽한 속에서 영원히 무슨 미더운 그림자를 따라가는 것 같은 쾌락이 있었다. 그러나 도회지 한 귀퉁이에서 요사이 매일 듣는 온갖 벌레 소리에는 그러한 취(趣)가 퍽 희박하다.

가만히 들어보면 어쩐지 그 소리는 조화가 되는 듯하면서도 조화를 잃어서 약속 없는 합창같이 남는 것은 소음이 태반이다. 그리고 텁텁한 기분이 어디라 없이 흐른다. 그러므로 듣는 사람에게 심산의 그 소리처럼 들려지지 않는다. 어쩐지 가슴을 울리기는 울리면서도 흡족히 울려주지 못하고 어느 귀퉁이인지 빈 것 같다.

옛날의 그 소리가 듣고 싶다.

앞산 송림 사이에 떨어지는 새벽달 그림자가 창으로 흘러들도록 잠을 이루지 못하고 사면에서 흘러나오는 벌레 소리를 듣는 나는 벌레 소리 속에서 벌레 소리를 그리워하게 된다. 옛날보다 나은 것을 보더라도 비슷한 옛날의 기억을 더듬어 지나간 그림자를 도리어 그리워하는 일이 흔하거늘 옛날의 그 소리면서도 옛날의 그 맛을 찾을 수 없는 소리 속에서 옛날의 그 소리를 그리게 되는 것은 더욱 그리할 일이다. 베잠방이를 찬이슬에 적시면서 새벽에 밭을 찾아 산으로 갔다가 황혼에 돌아오던 그 시절 그곳의 벌레 소리가 그립다.

어느 때의 벌레 소리라고 덜 좋으랴마는 하루 일을 마치고 숲 사이 좁은 길로 돌아오는 황혼의 벌레 소리는 피곤한 마음을 위로하고 씻어주는 것 같다. 황혼에도 초승달이 재를 넘을락 말락 하는 황혼의 벌레 소리는 호미를 메고 돌아오는 길에도 듣기 좋고

된장찌개와 조밥에 창자를 눅이고 뜰에 나앉아 들어도 또한 그럴 듯한 것이다.

5

'이충명추以蟲鳴秋'라는 글구가 있다. 그와 같이 가을은 벌레 소리가 가장 많은 시절이다. 어디로 가든지 벌레 소리를 들을 수 있다. 산이나 들에서 들을 수 있는 것은 더 말할 것도 없거니와 홍진이 날리는 거리에서까지 미약하게나마 들을 수 있다. 그 벌레 소리는 다른 시절의 벌레 소리와는 다르다.

다른 시절의 벌레 소리는 되다 만 소리처럼 미약하게 들리나 가을의 벌레 소리는 맺히고 맺혀서 단단히 여물은 벼알갱이 같은 느낌을 준다. 다른 시절의 벌레 소리는 사람의 주의를 그처럼 끌지 않고 따라서 사람의 마음에 별로 충동을 주지 않으나 가을 벌레 소리는 사람의 주의를 끌게 되고 따라서 사람의 마음에 충동을 준다. 그것은 결코 단순한 충동이 아니다. 그리고 또 다른 때 벌레 소리는 시절의 종속으로 들리나 가을 벌레 소리는 시절이 벌레 소리의 종속같이 들린다. 물론 벌레가 우니까 가을이 된 것이 아니라 가을이 되니까 벌레가 그렇게 우는 것이겠지만 듣는 사람에게는 벌레가 우니까 가을이 된 것 같은 느낌을 준다.

벌레의 울음 소리는 가을의 마음의 울음 소리다. 그 벌레 소리가 있음으로써 가을의 정조가 더욱 드러나게 된다. 가을은 그의 마음을 벌레의 성대를 빌어 가지각색으로 울리고 있다. 우리의 마음은 그 온갖 벌레의 소리를 통하여 가을의 마음과 서로 어울리게 된다.

그 마음의 소리는 회고적이며 슬픔을 가장 많이 자아낸다. 시드는 풀 속에서 굴러나오는 벌레 소리에 지나간 청춘을 회고하면서 백발을 만지는 늙은이의 슬픔도 그러한 것이요 동경부동식^{同耕不同食}을 서러워하는 청상과부가 공규에 흘러드는 벌레 소리에 눈물을 짓는 것도 그 까닭일 것이다.

그러나 그 소리는 슬픔의 소리만이 아니다. 그 소리 속에는 진리의 움직임이 있다. 그 소리는 설법이 아니로되 설법이다. 듣는 사람에게 인과율을 분명히 가르쳐주는 설법이다. 사람은 같은 사람의 입으로 흘러나오는 설법보다 이러한 설법 아닌 설법에서 얻는 것이 도리어 크다.

그런데 사람들은 가을이라고 하면 벌레 소리보다 흔히 단풍을 생각하게 된다. 어쩐지 귀를 울리는 것보다 눈을 찌르는 인상이 더 굳세인 관계도 없지 않겠으나 그처럼 일반적으로 벌레 소리에는 무심한 듯하다. 그래서 그런지 가을이 되면 단풍을 찾아 '풍엽홍어이월화^{楓葉紅於二月花}'를 감탄하는 사람들은 많이 보았으나 벌레 소리를 일부러 찾아간다는 사람은 보지도 못하고 듣지도 못하였다. 일부러 찾아가는 것은 마음대로 못 하는 일이니 그렇다고 하려니와 단풍은 말만 들어도 좋다고 하면서 현재 귓가에 듣는 벌레 소리에는 무심한 이가 많다. 하기는 충롱을 처마 끝에 달아놓고 그 속의 벌레 소리를 듣는 이가 없지 않으나 그것도 정원에 단풍을 심는 사람에게 비하면 극히 적다.

그러나 벌레 소리는 결코 단풍에서 못지않다. 만일 가을에서 벌레 소리를 제외하여보라. 가을은 너무도 적적할 것이다. 생명의 속삭임을 들을 수 없을 것이다. 단풍은 가을의 표정이다. 봄에 싹이 터 여름에 우거진 잎의 익은 표정이다. 그것은 홍엽만의 표정이 아니라 가을 천지의 표정이다. 그러나 그 표정만으로서는 가을을 드러내기에 너무나 부족하다. 가을의 마음인 벌레 소리라야 가을은 그 면목을 더욱 드러내게 된다.

24

평생을 나는 서서 살았다[*]

박목월^{**}

'평생을 나는 서서 살았다.'

이것은 40대 후반기에 쓴 나의 작품의 한 구절이다. '앉을 날이 없는 나의 슬픈 편력^{遍歷}을. 아담의 이마에 소금이 절이는 세상에서, 앉아서 환한 꽃나무' 하고 노래되어 있다. 말하자면 고되고 분주한 40대의 나의 생활과 한자리에 앉아서 환하게 꽃피는 꽃나무를 대비시켜놓은 것이라 할 수 있다. 하지만 이 작품에서 노래하려는, 작자로서 나의 의도가 그처럼 단순한 것이 아니었다.

나의 경험으로서, 인생의 전 과정을 통하여 가장 '유감한 시기'는 40대 후반에서 50대 초기—즉 머리카락에 백발이 섞이기 시작

● 『평생을 나는 서서 살았다』, 문학사상사, 2006.
●● 1915~1978. 시인.

할 무렵이라 할 수 있다. 어느 날 아침 문득 거울에 비친 나의 모발 속에서 흰 머리카락을 한두 개 발견했을 때의 그 서글픈 심정. 혹은 아침에 펴든 신문지의 잔 활자가 얼찐거리며 눈이 침침해짐을 깨달 았을 때의 놀라움. 나는 이와 같은 것을 40대 후반에서 50대 초에 경험한 것이다. 동시에 나는 늙는구나. 혹은 늙었구나—라는 사실 을 인식하게 된 것이다.

물론 40대 후반이라면 어느 면에서나 장년기로서 늙음을 한탄 하기에 이른 것이다. 하지만 그것은 외모의 문제. 늙음을 인식하 는 그날부터 우리들의 정신에는 이미 금이 가는 것이다. 또한 아 끼는 그릇에 가늘게 간 금일수록 아쉽고 안타까우며, 금이 금으로 서 결정적인 것이 되는 것처럼 늙음을 보다 선명하게 자각하는 것 이다. 그와 같은 시기에 우리는 그 자신이 걸어온 인생에 대하여 비로소 뼈에 사무치는 총괄적인 반문과 총결산적인 반성을 하기 마련이다. 위에서 보여진 나의 졸작^{拙作}도 그와 같은 반문에 대한 대답이요, 반성의 결과를 노래한 것이라 할 수 있다.

평생을 서서 살았다—라는 구절은 지나온 나의 인생에 대한 총 괄적인 평가이며, 그것을 단적으로 표현한 것이라 할 수 있다. 참 으로 나는 지나치게 분주하게 살아온 것이다. 하잘것없는 사업이 나 생계를 위하여 나는 그날의 문제에 과도하게 사로잡히고, 눈코 뜰 사이 없이 열중한 것이다. 이것은 나 자신뿐만 아닐 것이다. 대 체로 우리 주변에는 지나치도록 분주하게 사는 사람으로 충만해

있다. 하지만 분주한 생활 그것이 과연 얼마나 인생의 참된 보람
을 우리에게 베푸는 것일까. 겨우 그것에서 얻어지는 것은 몇 푼
되지 않는 물질적인 대가나 아니면 허황된 명성이나 한줌의 권력
이나 하루아침에 무너질 물거품 같은 것들이다. 그것을 위하여 우
리는 열을 올리는 것이다. 말하자면 그 자신의 참된 자기를 망각
하고 전혀 눈길이 외부로 향하여 허황하게 부푼 정열에 들뜬 생활
이라는 뜻이다.

　이것은 꽤 쓰디쓴 반성이라 할 수 있었다. 그러므로 그 시기에
나의 좌우명이랄까, 생활신조는 앉자는 것이었다. 앉는다는 것은
심신을 가다듬어 침착하게 살자는 뜻으로서, 이렇게 풀어서 설명
하면 싱겁기 짝이 없는 것이지만, 나로서는 40여 년 살아온 전 생
애를 걸어놓은 반성적인 것인 만큼 심각한 것이 아닐 수 없었다.
하지만 앉으려는 자세를 가짐으로써 나의 호흡을 한결 누그러뜨
릴 수 있었고, 또한 생활에 대해서도 여유를 가질 수 있었으며, 대
인관계에서도 침착해질 수 있었다. 앉아서 환한 꽃나무—이것은
우리 뜰에 피어 있는 진달래뿐만 아니다. 우리들의 생활은 자기를
생각하는 시간을 충분히 가질 수 있음으로써 참된 길을 걸어갈 수
있으며, 항상 내면으로 눈길을 돌림으로써 인간적인 성숙과 완성
을 기하여 알찬 생활을 할 수 있는 것이다.

　누구나

인간은
두 개의 음성을 들으며 산다
허무한 동굴의
바람 소리와
그리고
세상은 환한 사월 상순

박목월, 「사월 상순」에서

이것 역시 그 무렵에 쓴 졸작의 한 대목이다. 앉음의 세계를 발견하게 됨으로써 나는 새로운 눈과 귀가 열리게 된 것이다. 환하게 꽃피는 사월 상순에도 허무의 동굴에서 불어오는 바람 소리를 들을 수 있으며, 돌아오는 파도의 집결하는 소리와 더불어 모래를 핥으며 돌아가는 소리를 한꺼번에 들을 수 있게 되었다는 뜻이다. 바꿔 말하면 젊은 날에 나는 인생이나 사물을 일면적인 면에서 보아온 것이다. 피는 것은 피는 것으로, 나아가는 것은 나아가는 것으로, 지는 것에서는 지는 것으로만 보아온 것이다. 피는 것에 작용하는 지려는 섭리를, 나아가는 것에서 물러나려는 의지를 미처 깨닫지 못했다는 뜻이다. 또한 불행한 것에 작용하는 행복에의 그 자연스러운 역학적·물리적인 작용을 나는 깨닫지 못한 것이다.
　하지만 그와 같은 일면적인 것으로는 사물의 본질에 접할 수 없을 것이다. 모든 본질적인 것은 양면적인 것으로, 성하는 것에 멸하는 것이, 멸하는 것에 소생의 의지가 깃들어 있는 것이다. 동시에 그것이 하나로서, 우리에게 주어지는 그것이야말로 모든 현상이다.

벌써 9월 중순, 나는 침침한 눈을 밝게 하기 위하여 안경알을 새로 갈아끼워야 한다. 동시에 안으로 향한 눈도 맑게 닦아야 할 것이다. 다시 말하면 외계를 보는 눈과 내면을 응시하는 눈을 함께 맑게 해야 한다는 뜻이다.

25

귀로歸路
―내 마음의 가을

김남천 *

이즈음 밤 열한 시 반이라면 거리의 산책인들도 이미 이불 속에서 단꿈을 이루었을 시각이오, 극장 구경을 왔던 이들도 벌써 자기 집을 찾아서 계동으로 성북동으로 현저동으로 흩어져버렸을 시각이다. 야시夜市의 흰 포장 안도 철폐하여 싸구려를 부르는 장사꾼의 외침이 비명같이 졸고 있는 시각이다.

종로에는 요리집으로 달리는 술 취한 자동차가 거침없이 30마일의 속력을 낸다. 백화점은 문을 잠그고 가로세로 켜지고 꺼지던 전식電飾도 정열 잃은 가로수와 함께 밤늦게 집을 찾는 두세 쌍의 행인을 물끄러미 바라보고 있다.

전차―안국동서 나와서 나는 동대문 가는 전차를 잡아탄다. 대부분이 취한 사람들이다. 나는 자리에 앉을 염도 안 하고 고리를

* 1911~1953. 소설가.

쥐고 늘어진 채 약주 냄새에 혼탁해진 전차 속을 물끄러미 바라보고 있다. 머리는 뇌 속에 연기를 잡아넣은 것같이 몽롱하다. 아무 것도 맹막(盲膜)을 자극하지 않고 청각(聽覺)을 건드리지 않는다. 어릿어릿한 추한 환영(幻影)이 눈앞을 어물거리고 궤도를 질주하는 차륜(車輪)의 음향이 무겁게 귀 밖을 스치나 하나도 강한 자극을 일으키지는 못한다.

종로 4정목에서 전차를 내려서 창경원 가는 차를 기다리노라고 안전지대 위에 올라섰다. 그리고 그곳에 기다리는 두세 사람에 섞여서 왔다갔다할 때에 비로소 길을 스치고 달아오는 바람에서 가을을 느끼고 다시 순사의 덜거덕거리는 칼소리에서 잃었던 정신을 찾은 듯이 눈앞에 붉은 등불을 바라본다. 경찰서—전깃불이 희멍덩하게 켜 있는 곳에 전화통을 붙들고 정복 하나가 졸고 있는 듯이 까딱도 안 한다. 백양목 그늘에 직할힐소(直轄詰所) 그 속에 역시 정복한 사람—

본정(本町)서 전차가 온다. 이것을 타고 자리에 앉아서 지금 막 보고 온 경찰서를 생각하여본다. 벌써 3개월 이상을 내가 출입하는 경찰서이다. 지금 전화를 쥐고 졸고 있는 순사는 보안계의 누구누구. 그렇게 싫은 경찰서에 지금은 제법 농(弄)말을 걸게 되었다. 칼소리가 주는 흥분, 이상한 말씨가 주는 불쾌, 모든 것이 사라지고 지금은 '오하요—' '사요나라'가 제법 유창하게 입에서 흐른다.

—이런 것을 생각하노라니 전차가 종점에 닿는다. 차에서 내려

서 다시 돌아가는 전차의 빽- 소리를 등뒤에 들으면서 아카시아 우거진 아스팔트를 거닐 때엔 갑자기 몸에 추위를 느끼고 홀로 가는 내 발자국 소리에서 자기자신을 찾아보고자 한다.

숲속에서 찬 기운이 코를 스쳐서 폐에 흘러들어온다. 그리고 풀벌레의 소리가 쏴—뼈를 에듯이 심장을 잡아뜯는다. 적막—길의 커브를 돌면서 나는 멍—하니 비추어지는 언덕길의 앞을 바라보고 비로소 나는 지금 신문사에서 조간을 준비하고 돌아오는 중이라는 스스로의 몸을 고요한 길 위, 풀벌레 울음소리 속에서 발견하는 것이다.

그리고 내가 지금 가는 곳이 하숙방—아무도 없는 쇠 채운 채 희미한 전등이 기다리고 있을 한 간 방이라는 것을 생각한다.

땀내 나는 낡은 세탁꾸러미, 흩어진 책, 종잇조각, 사발시계, 칫솔, 비누, 맥없이 걸려 있는 때묻은 여름 양복 그리고 유일의 장식인 죽은 아내의 사진 액면顏面—나는 이때에 나 자신의 생활을 생각해본다. 그리고 언제부터 자전거와 버스의 충돌에 흥미를 가지게 되고 언제부터 나의 신경은 절도竊盜의 명부名簿를 노려보기에 여념이 없어지고 언제부터 나의 붓은 음독飮毒한 젊은 여자를 저열한 묘사로 갈겨쓰는 것에 취미를 가지기 시작하였던고? 그리고 언제부터 수상한 청년의 검거가 울렁거리는 흥분과 마음의 아픔 아닌 과장된 구조口調를 넣어서 사단四段을 만드는 정열로 바꾸어졌던가?

이렇듯이 몇 달 전과 변하여진 나를 이 길, 이 밤, 이 벌레 소리

속에서 찾아보며 외로운 그림자를 교외로 옮기고 있다.

이것이 생활이란 것이었다. 그리고 수많은 사람이 이것을 생활로 하고 있었던 것이다. 나는 하숙 문을 열고 방안에 들어서매 너저분한 신문지를 발로 밀고 이불을 막 쓴 채 숨 막힐 듯한 적막을 가슴속으로 깨물고 있다.

밤은 고요하다. 내 숨소리만이 유난히 높고 벌레 소리는 아직도 길옆에서 밤을 새워 울려고 한다. 귀를 막고 눈을 감아도 자꾸만 들리는 귀뚜라미의 소리. 자꾸만 보이는 길 위에 선 내 몸의 외로운 그림자.

26

춘래불사춘

임화 *

서리 맞아 죽은 무덤
비가 온들 개삭하리
님 그리워 죽은 무덤
님이 온들 개삭하랴

간 이를 생각하여 읊어진 간곡한 노래다. 언제부터 이런 노래가
조선 사람의 마음을 읊어왔는지는 모르되 오래 조선 민요의 한 성
격이 되어왔음은 감출 수 없으리라.

그 속엔 확실히 간 이에 대한 사모의 정과 아울러 살림의 비애가
보다 숙명처럼 아로새겨 있다.

고요한 '돈' 강물은 코사크의 눈물로 흐른다는 옛날 슬라브 사

* 1908~1953. 시인, 문학평론가.

람에 못지않은 큰 비애다.

가지 깐 참새 새끼가 재재재걱거려도 처마 자락에 눈물은 닦던 그들이다.

세상에 가난처럼 큰 원수가 있는가……

조반을 먹고 나자 O에게서 편지가 왔다. 얼마 전 북만北滿으로 간 다정한 친구다.

오래 옥살이를 하다 동경을 건너가 지난 가을에 몰려나다시피 와가지고, 할 수 없이 몸조리 겸 부모인 데를 찾아갔다. 목단강이란 사변 뒤 새로 생긴 도시인데 조선 동포가 한 오 만가량 있다 한다.

대부분 새로 뽑혀간 이민들인데 그곳에서 이런 노래가 유행한다 한다.

철모르고 심력한 어린 이 몸은
신세도 가련하다 이 내 운명은
설한풍 찬바람에 홑옷을 입고
배고픈 고생도 많이 받았소
이럭저럭 나이는 열한 살 적에
나의 부모 오라버니 나이 어린 것
처음으로 새 옷 한 번 지여 입히고
낯모르는 집으로 데리고 간다
이상하다 손님이 가득히 모여

내 앞으로 달려오는 어떤 사람이
날 보고 하는 말이 새각시란다
낯모르는 남자 앞에 나를 앉히고
가진 음식 찬란하게 갖다놓으니
고운 신부 내 자부야 많이 먹어라

이 노래가 이른 봄밤 눈보라 속에 들려오면, 도저히 잠을 이룰 수 없다 한다.

그들은 낯도 안 씻고 자고 일어나면 흙 파고 밤이면 술 먹고 노름하고 딸 시집 보내 빚 갚고 또 빚지고……

조선에 개나리가 피고, 벚꽃이 피고 한창 봄이 짙어갈 때쯤, 그곳엔 겨우 얼음이 녹기 시작한다 한다.

그래 이곳에 여름철이 들어야 겨우 봄인 듯싶다 하며 산이나 언덕이 없는 초원지대에 들꽃이 한층 가련타 한다.

옛날 왕소군이 '호지무화초胡地無花草 춘래불사춘春來不似春'이라 하였다지만, 새 옷 입고 꽃피고 강물이 맑아야, 열한두 살 먹은 새색시에 봄이야 물어서 무엇하리.

우리 형제 죽거들랑
앞밭에도 묻지 말고
뒷밭에도 묻지 말아

꽃밭에다 묻었다가
우리우리 메꽃 피어
나무 함쌍 나거들랑
나 벗인가 알아주오

제주 민요의 일절

거친 만주벌에 인제 피는 봄꽃들은 이런 꽃이 피리라.
암만 해도 무겁고 찌뿌둥한 머리를 처리할 길이 없다.
간밤부터 시름없이 내리던 비가 소리쳐 내린다.
이 비에 피리나무가 물이 오르고 보리싹이 피어오를 게다 생각
하면 불현듯 들로 나가고 싶다.
작년 가을부터 이불 속에 눌러붙어 아직 산, 바다, 들, 하늘 다
본 지가 아득하다.
그러나 이맘때면 살림 떠업고 북만으로 가는 이민 떼를 싫도록
본 나다. 보따리 위에 바가지를 들고 업혀가는 어린아이들의 얼굴
을 또 볼 터인가?
차라리 나는 이불 속에 누었는 게다, 참말 어쩔 수 없는 마음이다.
겨울이 오면 봄은 머지않았어라?

3부 —————— ❀
사람, 늘 그리운 나무

27

눈물은 왜 짠가[*]

함민복[**]

    지난 여름이었습니다 가세가 기울어 갈 곳이 없어진 어머니를 고향 이모님 댁에 모셔다드릴 때의 일입니다 어머니는 차 시간도 있고 하니까 요기를 하고 가자시며 고깃국을 먹으러 가자고 하셨습니다 어머니는 한평생 중이염을 앓아 고기만 드시면 귀에서 고름이 나오곤 했습니다 그런 어머니가 나를 위해 고깃국을 먹으러 가자고 하시는 마음을 읽자 어머니 이마의 주름살이 더 깊게 보였습니다 설렁탕집에 들어가 물수건으로 이마에 흐르는 땀을 닦았습니다

    "더울 때일수록 고기를 먹어야 더위를 안 먹는다 고기를 먹어야 하는데…… 고깃국물이라도 되게 먹어둬라."

[*]   『눈물은 왜 짠가』, 책이있는풍경, 2014.
[**] 1962~. 시인.

설렁탕에 다대기를 풀어 한 댓 숟가락 국물을 떠먹었을 때였습니다 어머니가 주인 아저씨를 불렀습니다 주인 아저씨는 뭐 잘못된 게 있나 싶었던지 고개를 앞으로 빼고 의아해하며 다가왔습니다 어머니는 설렁탕에 소금을 너무 많이 풀어 짜서 그런다며 국물을 더 달라고 했습니다 주인 아저씨는 흔쾌히 국물을 더 갖다주었습니다 어머니는 주인 아저씨가 안 보고 있다 싶어지자 내 투가리에 국물을 부어주셨습니다 나는 당황하여 주인 아저씨를 흘금거리며 국물을 더 받았습니다 주인 아저씨는 넌지시 우리 모자의 행동을 보고 애써 시선을 외면해주는 게 역력했습니다 나는 국물을 그만 따르시라고 내 투가리로 어머니 투가리를 툭, 부딪쳤습니다 순간 투가리가 부딪히며 내는 소리가 왜 그렇게 서럽게 들리던지 나는 울컥 치받치는 감정을 억제하려고 설렁탕에 만 밥과 깍두기를 마구 씹어댔습니다 그러자 주인 아저씨는 우리 모자가 미안한 마음 안 느끼게 조심, 다가와 성냥갑만 한 깍두기 한 접시를 놓고 돌아서는 거였습니다 일순, 나는 참고 있던 눈물을 찔끔 흘리고 말았습니다 나는 얼른 이마에 흐른 땀을 훔쳐내려 눈물을 땀인 양 만들어놓고 나서, 아주 천천히 물수건으로 눈동자에서 난 땀을 씻어냈습니다 그러면서 속으로 중얼거렸습니다

눈물은 왜 짠가

28

목생 형님 *

권정생 **

생각나는 사람에 대한 이야기를 쓰자니 좀처럼 생각나는 사람
이 없다. 더욱이 어떤 삶의 계기를 만들어 내게 영향을 끼쳐준 실
재의 인물도 생각나지 않는다.

어쩔 수 없이 나는 내 혈육 가운데 잊지 못할 둘째 형님에 대한
이야기를 쓰기로 했다.

아직 내가 이 세상에 태어나기 전인 1936년 가을, 어머니는 아
버지를 찾아 현해탄을 건너 일본으로 가셨다. 그때 어머니에겐 벌
써 5남매의 자식이 딸려 있었다. 이보다 7년 앞서 일본에 간 남편
(아버지)에게서 소식이 끊기자 더 기다릴 수 없어 감히 말만 들어온
일본행 연락선을 타게 된 것이다. 일개 시골 아낙인 어머니가 손

● 『빌뱅이 언덕』. 창비, 2012.
●● 1937~2007. 아동문학가.

수 주재소로 면사무소로 찾아다니며 수속을 밟아 간신히 얻어낸 여권이 안타깝게도 네 사람밖에 나오지 않았다. 5남매 중 둘은 떼어놓아야만 하는 형편에 이른 것이다.

마침 맏형님은 열아홉 살의 청년으로 친구와 함께 일단 만주로 갔다가 뒤에 일본에 건너가기로 계획하고 만주로 떠났다. 그런데 둘째인 목생 ^{*生} 형님은 아직 열다섯 살의 어린 소년으로 객지에 보낼 수 없어 잠시 동안 할머니에게 맡겨두기로 했다. 그 당시 할머니는 의성 지방 길안골이라는 산속 깊숙한 외딴집에 나병을 앓고 있는 막냇삼촌을 데리고 숨어 살고 있었다.

"목생아, 일본에 닿으면 곧 아버지 보내어 어떡하더라도 널 데려갈 테니까 할머니하고 삼촌 말 잘 듣고 기다려라."

목생 형님은 착했다. 눈물을 감추어가면서 어머니와 동생들과의 이별을 참아주었다. 일본에 닿는 즉시 아버지를 보내어 데려가겠다고 약속한 어머니는 그걸 이행하지 못했다.

목생 형님은 길안골 산속 문둥이 삼촌과 할머니 밑에서 고독과 주림을 이기지 못해 2년 만인 1938년, 열일곱 살의 아까운 나이로 죽고 말았다. 내가 태어나서 첫돌이 채 되기 전이었다.

나는 이때부터 자장가 대신 어머니의 구슬픈 타령을 들으면서 자랐다. 슬픈 타령과 함께 항상 젖어 있는 어머니의 눈동자는 나의 성격 형성기에 가장 많은 영향을 끼쳤음을 부인하지 못한다. 내가 사물을 어느 정도 분별하게 되고부터 목생 형님의 형상이 점점 나의 머리에 뚜렷이 부각되기 시작했다.

어머니가 이야기하셨다.

"꼭 한 번 꿈에 나타나주었어. 할아버지 산소 곁에 오두마니 서서 '엄마, 나 할아버지한테 왔어' 하면서 울지 않고 웃었어."

할아버지가 나무처럼 살라고 지어준 이름 때문인지 목생 형님은 유달리 나무를 좋아했다고 한다. 산에서 베어온 갖가지 나무로 베틀 연장도 다듬고, 물레도 다듬고, 씨아도, 도리깨도 만들었다고 한다. 마음에 드는 나무가 있으면 베어다가 뒤란에 쌓아놓고 쓸데가 생기면 골라 무엇이든 만들었다. 열두세 살 때부터 솜씨가 제법이어서 웬만한 집안 연장 가지는 목생 형님의 손으로 만들어 썼다고 한다.

언젠가는 산에서 미출미출한 옻나무 회초리를 잔뜩 베어 지고 와서 온몸에 옻이 올라 고생한 적도 있다. 어머니가 20리나 되는 약수탕에 가서 약물을 길어다 먹이고 발라주어 가까스로 낫게 된 후부터 나무의 종류를 익히느라 성가실 만큼 나무 이름을 물었다고 한다.

할머니와 함께 살았던 2년간의 생활은 자세하지는 않지만 후에 들은 소문과 추측으로 헤아릴 수가 있다.

칡뿌리와 산나물, 송기죽이 식생활의 전부였던 것은 말할 나위도 없다. 싸리나무로 덫을 만들어 들쥐까지 잡아먹어야 하는 절박한 상황에 이르게 되면서, 목생 형님의 고통은 무엇으로 표현할 수 없었을 것이다. 쥐 잡을 덫은 목생 형님이 손수 만들었을 것이다.

형님은 잡은 쥐고기를 어떻게 먹었을까? 끓여서 먹었을까? 아니면 구워서 먹었을까? 문둥이 삼촌께 양보하고 형님은 아주 조금밖에 먹지 못했을지 모른다.

삼촌은 마음씨가 어땠을까? 성질이 고약했다면 외로운 형님을 가끔 윽박지르지나 않았을까? 산으로 내쫓듯이 보내어 힘든 칡뿌리를 캐오라고 시키고, 나무를 해오라고 시키고, 군불을 지피라고 시켰을 게다.

할머니는 어떻게 했을까? 아비 어미의 눈이 화등잔처럼 살아 있는데, 왜 병든 자식 데리고 쫓겨오듯 숨어 살고 있는 나한테 와서 보채느냐고 구박이나 주지 않았을까? 먹을 것이 있으면 숨겨뒀다가 몰래 문둥이 삼촌한테만 주고 형님은 굶기지나 않았을까? 그럴 때마다 형님은 뒤란 구석에서 훌쩍거리며 울었겠지? 때로는 산봉우리 높이높이 올라가 남쪽 하늘을 바라보며 어머니를 불렀을 게다. 아버지도 불렀을 게다. 동생들 이름도 불렀을 게다.

"을생乙生아아!"

"귀분아아!"

"또분아아!"

목이 터지도록 부르면서 울었을 게다.

외딴 산속에서 친구가 없는 목생 형님은 나무와 더욱 친했겠지. 그중에서도 늘 푸른 소나무를 정말 친구처럼 사랑했을 게다. 사태

난 비탈에 뿌리가 엉성하게 드러난 나무가 있으면 흙을 덮어주고, 다른 데 옮겨 심어주기도 했을 게다.

시간이 나면 옛날처럼 연장을 다듬었겠지. 씨아도 만들고, 물레도 만들고, 재떨이도 만들었을 게다. 혹시나 식구들이 모이면 쓰게 될 집안 연장을 깎고 다듬으며 시간을 보내었을 게다.

봄이면 산새들의 지저귀는 소리를 듣고 여름엔 개울물에 혼자서 미역을 감았겠지. 눈 내리는 겨울밤엔 오래오래 잠 못 이루며 식구들 생각을 했겠지. 매정하게 소식 없는 아버지 어머니를 원망도 했겠지.

세 살 아래인 동생 을생이와 싸운 것을 생각하다간 가슴이 아프도록 후회도 했겠지. 누이동생 귀분이에게 할미꽃 족두리 만들어 씌워주던 일, 또분이를 업어주고 코 닦아주던 일도 생각했겠지.

공중에 날아다니는 새에게도, 들에 피어나는 한 송이 꽃에도 하느님은 먹이고 입히신다는데 형님은 먹을 것이 없어 굶어서 죽었다.

숨이 넘어갈 때의 모습은 어땠을까? 할머니는 그래도 불쌍한 손자를 끌어안고 몸부림치셨겠지. 문둥이 삼촌도 손가락이 다 문드러져나간 손바닥으로 조카의 이마를 쓸어주며 눈물을 흘렸을 게다. 가엾은 사람들.

지금도 길안골 산속 어디쯤에 불쌍한 목생 형님과 문둥이였던 삼촌이 묻혀 있다.

아니, 목생 형님은 어느 봉우리 위에 한 그루 소나무가 되어 늘 푸른 잎을 피우며 서 있을 게다. 일제의 무자비한 침략과 못난 조상들도 죄 없는 한 어린 소년의 넋마저 빼앗지는 못했을 것이다.

얼굴 한 번 보지 못한 형님. 그러나 그럼으로 말미암아 더 귀중한 형님을 만나보게 된지도 모른다.

역사는 잔인하지만 생명은 아름답다.

새해엔 내 나이도 마흔이 넘는다.

가끔 독신 생활이 외롭지 않느냐고 은근히 물어오는 분들이 있다. 이런 땐 딱하게도 어떻게 대답해줄지 망설여진다. 외롭다고 하면 당장 묘책이라도 있단 말인가? 인간이라면 외롭지 않은 이가 어디 있을까? 결혼이라는 수단이 외로움을 해소해주는 유일한 길이라면 인간으로 태어날 아무런 의미도 없지 않은가? 나 자신도 외로운 원인을 독신이라는 테두리에서 생각해볼 때도 있다. 그러나 꼭 외롭기 때문에 결혼을 해야만 한다는 생각을 가져본 적은 없다. 나는 나 자신도 독신인 이유를 잘 모른다. 지병 때문에 결혼을 하지 않은 것도 아니다. 데데해서 혼기를 놓쳐버린 못난 인간인지도 모른다.

그러나 나에겐 이 세상에 태어나면서 하느님이 부과해준 소중한 내 인생이 마련되어 있었다.

목생 형님의 죽음과 다섯 살 때 들은 예수의 십자가 죽음, 이 두 죽음이 나의 뇌리에 박히면서 외곬으로만 비껴나가려는 못된 인간이 되어버렸다고 보고 싶다.

그래서 나는 아주 어릴 적부터 보이는 유형의 세계에 이내 싫증을 느끼고, 보이지 않는 무형의 세계를 동경하며 의식 중이거나 무의식중이거나 그것을 실체화하려고 몸부림쳐왔다.

교육다운 교육을 받아보지 못한 나로선 스승이 될 만한 사람을 만나지 못했다. 그래서 생각나는 사람도, 특별히 나에게 영향을 끼쳐준 사람도 찾을 수 없다.

얼마 전까지도 나는 헤어진 혈육들이 한자리에 모여 보고 싶은 마음이 간절했지만, 지금은 그것조차 많이 퇴색해버렸다.

살아 있는 것은 무형의 그림이다. 그것이 더욱 또렷이 내 마음속 깊숙이 향기를 뿜으며 생동하고 있는 한 나는 덜 외로울 수 있다. 다 잃고 난 다음에야 우리는 소중한 한 가지를 차지할 것이기 때문이다.

생각나는 사람, 그리운 사람이 아닌 내 가슴에 살아 있는 목생 형님은 끊을 수 없는 반려자이며 내 사랑하는 소년이다.

슬픈 동화의 샘처럼 항시 맑디맑은 그 눈동자가 내 영혼을 감싸고 있는 한 나는 거기서 벗어날 수도, 벗어나고 싶지도 않다.

『새생명』, 1978.

29

서로에게 불행한 결과를 낳을 따름이오 *

이중섭 **

사랑스럽고 소중한 나만의 남덕 씨.

새해 복 많이 받아요. 하루라도 빨리 건강을 되찾기를 바라오.
그후로 몸은 좀 어떤가요. 12월 8일자 편지, 12월 11일에 받았고
당신의 괴로운 입장 잘 알 수 있었어요. 그렇지만…… 도무지 단 한
순간도 마음이 편할 날이 없어 지금까지 답장을 미루었어요. 올해
도 또 혼자 외롭게 새해를 맞이하고 매일처럼 어둡고 허한 마음으
로 지낸다오. 온갖 사정 때문에 더 미루어보아야 해결할 방법도
없고 계속 문제만 복잡해질 뿐이라오. 이러다가는 결국 모든 게
끝장나버리고 말겠지요. 내가 가더라도 조금도 피해를 끼치지 않
을 테니 마음놓고 몸을 보중하도록 해요.

당신 뜻대로 계획을 미루어보고도 싶으나 더 미뤘다가는 내가

---

* 『이중섭 편지』. 현실문화. 2015.
** 1916~1956. 화가.

도저히 돌이킬 수 없는 상태가…… 서로에게 불행한 결과를 낳을 따름이오. 이번에 내 뜻대로 해주든지 아니면 그대가 아이들을 데리고 돌아오든지, 어느 쪽도 안 된다면…… 서로 헤어질 수밖에 없겠지요. 끝도 없이 일어나는 이런저런 사정 때문에 미루기만 한다면 점점 꼼짝도 할 수 없는 불행한 결과가 일어날 따름이오. 내가 간다 하더라도 좁은 방 한 칸하고 두 달 정도 식비만 있으면 내 힘과 노력으로 하루에 한 끼 또는 두 끼만 먹으며 생활할 수 있소. 어떤 힘든 노동이라도 할 테니 걱정하지 말고 나의 제안을 받아들여줘요.

세상일이란 아무리 애를 써도 생각대로 되지 않는 법이라오. 여건이 잘 갖추어질 때까지 기다린다고 하지만…… 결코 여건이 좋아지지는 않아요. 또 다른 문제들이 일어나는 법이라오. 마음이 정해지면 씩씩하게―주저주저 우물쭈물하지 말고―행동으로 옮기는 것이 살아가는 올바른 태도예요. 살아가는 길이지요. 나에게 지금 가장 중요한 일은 그대들 곁으로 가 오로지 창작에만 전념하는 것이라오. 다른 건 하나도 생각하지 않아요. 그대들 곁이라면 하루 종일 노동을 하고 밤에 한두 시간 제작할 수 있다면 그걸로 난 만족하오.

내가 간다는 것에 대해 너무 어려운 온갖 사정들과 연결시켜 나약하게 생각하지 말아줘요. 아고리(이중섭의 별명)도 남자라오. 육체노동이라도 열심히 할 테요. 처음에는 페인트가게 시다바리라도 괜찮소. 예술과 가족과의 아름다운 생활을 위해서라면 뭐든 할 각오가 되어 있소. 처음 반년 정도는 하루에 한 번만이라도 괜찮으니 내 혼자서 바깥에 방을 한 칸 빌려 혼자 힘으로 벌어서 밥을 먹고 제작할 생각이오. 일주일에 한 번 정도 가족들을 만날 수만 있다면 족하오. 어떻게든 반년 또는 1년 정도 혼자서 헝클어진 마음을 조용히 정리하지 않으면 안 되겠소. 내가 가더라도 그대가 정양하는 데 조금도 방해되지 않겠다는 나의 결의를 말해두고 싶소.

어머님께도 모든 것을 밝히고 이번에도 안 된다고 하면 다시는 가지 않겠소. 그대들이 수속을 밟아 이쪽으로 돌아오든지…… 그것이 싫다면…… 서로 헤어지는 수밖에 없다는 것을 각오해두어요. 이 정도 사정 때문에 우물쭈물 주저주저하며 극복하지 못하는 두 사람이 어찌 행복해질 수 있겠소. 이정도 곤란도 이겨내지 못하는 남덕과 대향(이중섭의 호)이라면…… 불행해질 수밖에 없겠지요. 무슨 연유로 겁을 먹고 나약해지기만 하는 거요. 왜 사랑하는 남편이 간다는데 그 정도 사정으로 마음에 무거워져 병까지 깊어지다니…… 그게 마음에 걸린다니…… 도대체 무얼 할 수 있단 말이오.

왜 다른 가족이 마음에 걸린다는 별것도 아닌 사정으로 소중한 남덕과 대향과 태현이 태성이의 아름다운 생활을 포기하려 하오. 그런 나약한 마음으로는 병도 낫지 않을 테고 우리 모두 불행해질 따름이오. 죽음뿐이오. 사람이란 누구든 괴로울 때는 남에게 신세를 지고 도움을 구하는 것이 자연스러운 일이 아닌가요. 그게 사람이오. 최소한의 도움으로 빨리 안정을 찾아 은혜를 갚으려는 생각은 하지 않고…… 나약한 마음으로 오로지 오로지 오로지 미안하다고 면목이 없다고 이런 말 저런 말로 언제까지고 기죽어 살 생각이오.

선량한 우리 네 가족은 세상에 소용없는 하나둘 정도 죽여서라도 반드시 살아가야 하오. 무작정 미안하다, 면목없다, 몸 둘 바를 모르겠다, 그런 말은 우리 가족이 하루에 한 끼만 먹더라도 생활을 시작한 다음의 문제가 아닌가요. 하루라도 빨리 우리가 생활할 수 있는 단칸방이라도 하나 빌려 하루에 한 끼를 먹더라도 생활을 시작한 다음 열심히 일해서 조금씩 안정을 찾아 빨리 은혜를 갚아야 하지 않겠소. 우물쭈물하며 이런 식으로 시간만 질질 끌다가는 불행해지지 않을 도리가 없어요. 모든 기회를 잃고 후회하다가 끝나고 말 것이오. 그대들과 같이 생활만 할 수 있다면 제주도 돼지보다 못한 걸 먹더라도 힘을 낼 수 있으니 아무 걱정하지 말고 최소한의 생활을 시작할 수 있을 여건만 우선적으로 생각해보아요. 돼지보다 더 강한 생명력을 발휘해서 빨리 힘을 내지 않으면 태현이 태성이 대향이 너무 불쌍하잖소.

아고리의 생명이며 유일한 기쁨인 남덕 씨. 빨리, 빨리, 힘을 내어…… 우리 네 가족의 아름다운 생활을 위해 용감히 행동하고 최선을 다해주세요. 약간의 무리가 있어도 좋으니…… 우리의 새로운 생활을 위해서만 들소처럼 거침없이 행진 행진 또 행진해야 하오. 다른 것들은 아무 소용이 없어요. 발레리의 시에서처럼 지금을 강하게 살아가야 하오. 표현이 서툴러 읽기 힘들겠지만, 이 아고리의 피투성이가 되어 외치는 마음속 이 절규는 오로지 남덕 씨만이 듣고 진정으로 응답해줄 수 있을 것이오.

도쿄에 가면 오로지 작품만 만들 생각으로 열심히 그리고 있어요. 소품 78매, 8호, 6호 35매를 완성했어요. 새해부터는 반드시 하루에 소품 1매와 8호 1매를 그릴 계획이고, 지금 36매째를 그리고 있다오. 빨리 도쿄로 가서 그대 곁에서 대작을 그리고 싶어요. 좀이 쑤셔 견딜 수가 없어요. 자신 있어요. 친구들도 최근에 내가 제작하는 모습을 보고 눈을 동그랗게 뜰 정도라오. 밤 열시 넘게까지 제작에 몰두하고 있소. 술도 마시지 않아요.

흰색 물감이 없어서 페인트—제주도 시절처럼—를 대용으로 슥슥 그리고 있어요. 제주도의 '돼지'처럼 아고리는 엄청 힘을 내고 있어요. 참기 힘든 괴로움 가운데서도 믿을 수 없을 만큼 강렬하게 욕구가 일어나 작품을 마구 그려내고 자신감이 넘쳐…… 넘쳐…… 터질 것만 같은 이 아고리, 성실하고 훌륭한 남덕 씨를, 나의 유일한 현처를 행복하게 해주는 것 정도는 누워서 떡 먹기 같은 거라오. 새해는 우리 네 가족에게 멋진 해가 되리라 믿어주시오. 온갖 걱정―끝없이 솟구치는―따위 모두 던져버리고…… 싱싱한 생명력이 솟아오를 수 있게 자신만만하게 행동합시다. 건강이 어떤지 바로 알려주세요. 태현이 태성이에 대해서도 적어 보내줘요.

만화 사진에서 오려 보내요.
태현이 태성이한테 보이고 나서 없애지 말아요. 어머님과 여러분들께 새해 인사 전해주고요. 회신 기다릴게요.

1954년 1월 7일
중섭

30

여인 독거기 獨居記

나혜석 *

나를 그토록 위해주는 고마운 친구의 집 근처, 돈 2원을 주고 토방을 얻었다. 빈대가 물고 벼룩이 뜯고 모기가 갈퀸다. 어두컴컴한 이 방이 나는 싫었다. 그러나 시원하고 조용한 이 방이야말로 나의 천당이 될 줄이야.

사람 없고 변함없는 산중 생활이야말로 싫증나기 쉽다. 그러나 나는 이미 3년째 이런 생활에 단련을 받아왔다. 그리하여 내 기분을 순환시키기에는 넉넉한 수양이 있다. 나무 밑에 자리를 깔고 드러누워 책 보기, 개울가에 평상을 놓고 거기 발을 담그고 앉아 공상하기, 때로는 물에 뛰어들어 헤엄치기, 바위 위에 누워 낮잠 자기, 풀 속으로 다니며 노래도 부르고, 가경을 따라가 스케치도

* 1896~1948. 시인, 화가.

하고, 주인 딸 동리 처녀를 따라 버섯도 따러 가고, 주인 마누라 따라 콩도 꺾으러 가고, 동자 앞세우고 참외도 사러 가고, 어치렁 어치렁 편지도 부치러 가고, 높은 베개 베고 소설도 읽고 전문 잡지도 보고, 뜨뜻한 방에 배를 깔고 엎드려 원고도 쓰고, 촛불 아래 편지도 쓰고, 때로는 담배 피워 물고 희망도 그려보고, 달 밝거나 캄캄한 밤이거나 잠 아니 올 때 과거도 회상하고 현재도 생각하고 미래도 계획한다.

고적孤寂이 슬프다고? 아니다. 고적은 재미있는 것이다. 말벗이 아쉽다고? 아니다. 자연과 말할 수 있다. 이렇게 나는 평온무사하고 유화한 성격으로 변할 수 있었다. 그러기에 촌사람들은 내가 사람 좋다고 저녁 먹은 후에는 어린것을 업고 옹기종기 내 방문 앞에 모여들고, 주인 마누라는 옥수수며 감자며 수수 이삭이며 머루며 버섯을 주워서 구메구메 끼워 먹이려고 애를 쓰고, 일하다가 한참 씩 내 방에 와 드러누워 수수께끼를 하고 허허 웃고 나간다.

여기 말해둘 것은, 3년째 이런 생활을 해본 경험상 여자 홀로 남의 집에 들어 상당히 존경을 받고 한 달이나 두 달이나 지내기가 용이한 일이 아니다. 더구나 임자 없는 독신 여자라고 소문도 듣고 개미 하나도 들여다보는 사람 없는, 젊도 늙도 않은 독신 여자의 기신이랴.

우선 신용 있는 것은 남자의 방문이 없이 늘 혼자 있는 것이요, 둘째로는 낮잠 한 번 아니 자고 늘 쓰거나 그리거나 읽는 일을 함이요, 셋째로 딸의 머리도 빗겨주고 아들의 코도 씻겨주고 마루 걸레질도 치고 마당도 쓸고 때로는 돈푼 주어 엿도 사 먹게 하고 쌀도 팔아오라 하여 떡도 해먹고 다림질도 붙잡아주고 빨래도 같이하여 어디까지 평등 태도요, 교가 없는 까닭이다. 그러므로 그들은 때때로,

"가시면 섭섭해 어떻게 하나"

하는 말은 아무 꾸밈없는 진정의 말이다. 재작년에 외금강 만산정에서 떠날 때도 주인 마누라가 눈물을 흘리며 내년에 또 오시고 가시거든 편지하세요, 했으며 작년에 총석정 어촌에서 떠날 때도 주인 딸이 울고 쫓아나오며,

"아지매 가는 데 나도 가겠다"

고 했고 금년 여기서도

"겨울방학에 또 오세요"

간절히 말한다.

오면 누가 반가워하며 가면 누가 섭섭해하리, 하고 한숨을 짓다가도 여름마다 당하는 진정한 애정을 맛볼 때마다 그것이 내 생에 무슨 상관이 있으랴 하면서도 공연히 기쁘고 만족을 느낀다.

31

그리운 동방에 가고 싶어라*
—달원형에게

김소진**

이선배에게.

새삼스레 선배라고 부르며 말문을 열고 보니 무척 쑥스럽습니다. 아무래도 평소 부르던 대로 그냥 형이라고 하는 게 낫겠지요. 접때 집들이랍시고 불렀더니, 궁벽진 곳을 마다지 않고 형수님과 귀여운 한결이까지 데리고 단출하게 저희 집엘 들렀죠. 그렇게 초청할 땐 언제고 막상 불러다놓고는 냉랭했던 제 푸대접을 부디 고의라고 언짢아하시지는 마세요. 글쎄 뭐랄까, 괜히 턱도 없는 강짜를 부리고 싶은 생각이 마구 들지 뭐예요.

왜 그랬을까요? 지금은 어엿한 직장을 구한 형을 보니 알 수 없는 샘통이 터진 걸까요. 아마 그랬을 겁니다. 딴 사람은 몰라도 형

* 『그리운 동방』, 문학동네, 2002.
** 1963~1997. 소설가.

만큼은 세상에 안주하는 모습을 그냥 참아넘길 수 없었던가 봐요. 알량한 제 소갈머리하곤—

한데 바로 그 알량한 꿈 때문이 아니겠어요? 형하고 저하고 한 번은 같이 진저리나게 꾸었던 좋은 세상에 대한 꿈 말예요. 그런 꿈을 아직도 꾸고 있는 사람의 현재란 도저히 기름기가 흘러선 안 된다는 억지를 전 아직껏 깐깐히 품고 있답니다. 좋은 세상을 꿈꾸면 꿈꿀수록 아직은 덜 좋은 이 땅에서 얼마나 힘겨운 삶을 살아야 하는지를 몸소 치열하게 보여줌으로써, 역으로 이 세상이 얼마나 부조리한가를 반증할 수 있어야 한다는 게 제 억지의 요체입니다. 특히 형 같은 사람은 말예요.

그런 맥락에서 제 창작집 『열린 사회와 그 적들』에 실린 짧은 얘기 가운데 형의 모습이 일부 투영된 「그리운 동방」은 좋은 세상을 꿈꾸다 상처 입은 사람들의 삶을 잠깐 들여다본 게 고작입니다. 기실 그 외는 아무것도 없습니다. 그런데 왜 동방이란 지명 앞에 그리운이란 딱지가 따라다녀야 할까요? 반동강이까지 난 이 땅에 그리워하는 곳을 두고도 찾아가볼 수 없는 데가 아직 남았단 말입니까? 그건 아니겠죠.

그렇다면 동방은 이젠 더 이상 이 땅 위에는 없는 그런 곳이겠지요. 그러니 당연히 그립기도 하겠고요. 중세에 동서양을 넘나들던 마르코 폴로란 탁월한 나그네가 기록해놓은 동방의 극치는 이러했답니다.

여러 가지 양식의 궁전을 여기저기에 여러 개 세워 전부 황금과 단청으로 아름답게 장식하였으며 실내는 훌륭한 비단으로 둘러쌌다. 그리고 궁정 안 도처에 작은 관을 통해 술 우유 꿀 맑은 물 등이 어디서든 흘러나왔다. (……) 모두 나이 젊고 아름다운 여성들뿐이었다. 그들은 모두 노래를 부르고 춤추며 악기를 잘 탔고 특히 그 교태와 치정^{痴情}은 이루 비할 바가 없었다.

난 만화로 된 『동방견문록』을 일찌감치 어느 지저분한 고물상 잡동사니 속에서 우연히 발견해냈습니다. 그 뒤로는 환각처럼 달려드는 동방의 이미지에 이따금씩 시달리곤 했습니다. 특히 뒤끝이 허탈한 몽정을 할 때 말입니다.

이런 저였지만 동방은 이 세상 어디에도 없다는 걸 진작에 알아차리고 있었던 겁니다. 하지만 그 환상을 곁에 놓고 즐기지 않고는 배기지 못할 만큼 척박했던 어린 시절이 있었던 겁니다. 문제는 우리가 척박했다는 거죠.

형은 저도 운동권으로 만들려고 무던히도 애를 쓰셨죠. 그러나 일찌감치 동방에 데어버린 제가 또다시 그 지긋지긋한 좋은 세상이 온다고 쏘삭거린다 해서 움직일 리는 만무였습니다. 다만 그 좋은 세상이란 것 역시, 어린 시절의 동방처럼 척박함 대신 어루만지지 않으면 안 됐던 제 젊은 시절의 그림자가 아니었을까요.

전 그따위 동방에 대한 기억일랑 머릿속에서 말끔히 없애려 했었지요. 언젠가 형 입으로 적어도 이런 말을 듣기 전까지는 말예요.

"그럼, 형조차도 좋은 세상이 오지 않는다고 본다 이거죠? 그렇다면 이 엉망진창인 세상 속에서 우리를, 아니 형을 버티게 하는 건 도대체 뭐죠?"

"미안하다. 그건…… 자존심 같은 게 아닐까?"

"자존심?!"

"살다보면, 그런 것 갖고도 한세월을 버텨나가야 할 때가 있는 것 아닐까? 그런……게 필요할 것도 같은 때라는 생각이 들어."

그때 제가 왜 맥이 풀렸는지 형도 어렴풋이 짐작할 순 있겠죠. 결국은 좋은 세상만 바라보고 살 수만은 없다는 거, 그걸 인정할 때가 이젠 저도 된 거 같아요. 형도 저처럼 어쩔 수 없이 좋은 세상을, 그것이 비록 환각일지라도, 쓰다듬고 싶었던 거 아네요? 그러지 않으면 형도 허전해서 견딜 수가 없었던 거지요.

그래서 앞으로 다신 그 어떤 대상에게도 그리운이란 수사를 달아주지 않을 작정이에요. 하지만, 하지만…… 지금도 그리운 동방에 가고 싶은 걸 어떡합니까? 형도 마찬가지세요?

1993년 11월

32

스무 살 어머니 1

정채봉[*]

회사에 여고를 갓 졸업한 신입 사원이 들어왔다. 키도 작고 얼굴도 복숭아처럼 보송송하다. 어쩌다 사원들끼리 우스갯소리라도 하면 뺨에 먼저 꽃물이 번진다.

한번은 실수한 일이 있어서 나무랐더니 금방 눈물을 방울방울 떨어뜨렸다.

"우유를 더 좀 먹어야겠군."

혼잣말을 하면서 돌아서다 말고 물어보았다.

"올해 몇 살이지?"

그러자 신입 사원은 손수건으로 눈 밑을 누르면서 가만가만히 대답하였다.

"스무 살이에요."

[*] 1946~2001. 아동문학가.

여자 나이 스무 살…… 소녀에서 성인으로 턱걸이를 하는 저 나이. 무엇이거나 그저 우습고 부끄럽기만 한 저 시절. 나는 문득 돌아가신 어머니가 생각키웠다. 우리 어머니가 하늘의 별로 돌아가신 나이가 바로 저 스무 살이었던 것이다.

열일곱에 시집 와서 열여덟에 나를 낳고 꽃다운 스무 살에 이 세상살이를 마치신 우리 어머니. 그렇기 때문에 나는 어머니의 얼굴을 모른다. 그러나 어머니의 얼굴을 기억하지 못해도 어머니의 내음은 때때로 떠오르곤 한다.

바닷바람에 묻어 오는 해송 타는 내음.

고향의 그 내음이 어머니의 모습을 아련히 보이게 한 날을 기억한다. 유년 시절, 눈발이 희끗희끗 날리던 날이었다.

이웃 민주네 할아버지한테서 〈장화홍련전〉을 들었다. 이야기가 끝나서 나오니 저녁밥 짓는 연기가 골목을 자욱이 덮고 있었다. 먼 바다 쪽으로부터 물새 울음소리가 들려왔다. 처음으로 어머니가 보고 싶었다. 돌을 차면서 집으로 돌아왔다.

집에서는 할머니가 군불을 때고 있었다. 부엌 문설주에 기대서 있는데 해송 타는 연기가 자꾸 나한테로만 몰려들었다. 그때 기침을 하면서 눈을 비비며 서 있는 내 앞에 막연히 어머니의 모습이 다가오다가는 사라졌다. 해송 타는 연기와 함께.

그 뒤부터 어머니가 보고 싶을 때면 해송 타는 내음이 생각키웠다. 해송 타는 내음을 만날 때면 어머니가 조용히 떠올랐다.

중학생이 되고 2학기가 시작된 9월 어느 날이었다. 들녘에 나가서 토끼풀을 뜯어 가지고 돌아오니 이불 홑청을 깁고 있던 할머니가 불렀다.

"너 없는 사이에 너그 담임 선생님이 다녀가셨다. 작문 시간에 '어머니 냄새'라는 제목으로 글을 지었다면서?"

나는 고개를 저어 보였다. 그러나 할머니는 나를 보고 있지 않았다. 바늘귀에 실을 꿸 양으로 계속 거기만 주시하면서 말을 이었다.

"이상한 일이다. 해송 타는 냄새에 네 에미가 떠오르다니…… 허긴 너의 외가 가는 길이 솔밭길이긴 하다. 솔띠재라는, 아름드리 소나무가 꽉 찬 고개를 넘어야 했거든. 너를 업고 네 에미가 친정을 몇 번 다녔으니 그 솔냄새가 너희 모자한테 은연중에 배었을지도 모를 일이지…… 네 에미 얼굴을 보여주랴?"

할머니는 일어나서 장롱 위에 있는 부담을 끌어내렸다.

그때 처음으로 할머니가 뚜껑을 열어 보여준 그 부담 속에는 여러 벌의 여자 옷이 있었다. 남치마며 인조 저고리며 단속곳이며, 그리고 색이 바래지 않은 흉배도 있었고 나막신도 있었다.

나는 부담의 맨 아래에서 한자로 싸여 있는 사진을 보았다. 그 사진 속의 어머니는 내게 참으로, 참으로 여리다는 느낌을 주는 얼굴이었다.

둥근 턱에 솔순 같은 눈. 바람받이에 있는 해송 같은 낮은 코에 작은 입. 정말 멍이 든 데라곤 어디 하나 보이지 않는, 하얀 박속 같은 여인이었다.

"네 에미는 너한테서 엄마라는 말도 한번 들어보지 못하고 죽었다."

"세 살이었다면서 내가 그렇게 말이 늦었던가요?"

"아니지. 너희 삼촌들이 형수라고 부르니까 너도 덩달아서 형수라고 했어. 형수 젖, 형수 물 하고."

나는 피식 웃었다. 그러나 그것은 울음보다도 짙은 회한의 것이었다.

그때 문득 내 앞에 환상의 지구역地球驛이 떠올랐다. 순간마다 무수한 사람들이 떠나가고 대신 어린 아기들이 내려오는 곳.

떠나는 늙은 분들 틈에 끼여 앉았을 스무 살의 우리 어머니······ 쪽진머리를 보고 혹시 남겨놓고 가는 아이가 없느냐고 물어서 울린 사람은 없었을까.

서른한 살 때 나는 아이 하나를 얻었다. 아이는 우리가 낯선 듯 처음엔 울고 보채기만 하더니 예닐곱 달이 되면서부터는 이쁜 짓을 하기 시작했다.

우스운 일이 하나 없는데도 괜히 저 혼자 방글거리곤 했다. 나는 그러는 아이가 귀여워서 입을 맞추다 말고 해송 타는 내음을 느꼈다. 언젠가 고모가 한 말이 환청처럼 살아났다.

"네 에미처럼 무심한 여자는 드물 것이다. 너가 배고파서 울어도 좀체 젖 줄 생각을 안 하는 거야. 보다못해 우리가 재촉하면 그때야 일손을 놓고 가서 젖 한 모금 찔끔 주고 금방 돌아오곤 했단다."

그제야 나는 비로소 스무 살 우리 어머니의 깊은 마음을 짚었다. 아이 우는 소리에 타지 않을 어머니의 속이 어디 있을까. 그러나 달려오고 싶은 마음보다도 시누이들한테 눈치 보일까봐 자리를 얼른 뜨지 못했을 우리 어머니.

아무리 울보라고 소문난 나였대도 때로는 어머니 품에서 웃어 보이기도 하였을 것이다. 그러나 누가 볼까봐 내 어린 뺨에 볼 한 번 비비는 것도 우리 어머니는 참 어려웠으리라.

오늘도 하얀 박속 같은 스무 살 우리 어머니는 그 앳됨 그대로를 지니고 사진틀 속에서 당신보다 더 늙어가는 아들을 말없이 내려다보고 계신다. 풋콩에서와 같은 비린내 나는 부름이 들릴 듯도 한데……

그러나 이제는 해송 타는 내음마저도 점점 엷어져가는 것 같아 나는 참 가슴 아프다.

33

사랑하는 나의 정숙이에게

박인환[*]

오늘 저녁 나는 당신에게 또다시 붓을 들었습니다.

나는 오늘처럼 우울했던 날이 없었습니다. 당신을 대구에 두고 나만이 부산의 거리―당신도 이 거리를 나와 함께 걸은 일이 있겠으나―를 헤매고 있는 것이 슬펐습니다. 나는 행운의 사람인데도 어째서 이다지도 쓸쓸한 것일까? 나는 나 혼자 여기 와서 우울한 것이 어디 있는가? 자문자답하여도 속이 시원하지 않습니다. 나는 당신과 떨어져 있는 것이 한없이 서럽습니다.

당신이 있는 곳에서 나는 살고, 나는 죽어야 합니다. 당신이 지금 내 옆에 없으니 울고 싶고, 웬일인지 죽을 것 같습니다.

방이 뭐냐, 돈이 뭐야?

---

* 1926~1956. 시인.

나는 당신이 있는 곳이 한없이 그리워질 뿐입니다.

나를 당신은 욕하시오. 미워하시오.
당신이 말할 수 있는 모든 말로써 나를 꾸짖어주시오. 나는 반가이 받아들이겠습니다. 당신이 내 곁에서 떨어진 것이 아니라, 내가 당신 옆에서 떠난 것 같습니다. 허나 나는 당신의 품안에서 지금 울고 있는 것 같은 심정입니다. 사는 것이 무엇이기에……
나는 혼자서 바닷바람을 마시는지.

아! 용서하시오. 나는 너무도 무기력한 놈이 되고 말았습니다. 용기는 옛날에 팔아버렸지요? 울고 웃으며 나는 이렇게 허무한 세상을 살고 싶지도 않습니다. 나는 지금 죽어도 좋으니, 웃음의 친구도 울음의 친구도 되고 싶지 않습니다. 오직 우울합니다.
절망입니다. 처자를 시골에 내던지고 죄진 자처럼 썩은 바다의 도시를 헤매고 있습니다. 아, 불행한 것이 나는 아니겠지요.

사랑하는 나의 정숙,
나는 지금이 곧 당신의 무릎을 꺼안고 힘있는 대로 당신의 목을 끌고 싶습니다. 당신 없이는 세상에서 죽을 수도 없습니다.
술 한잔 먹지도 않고 멀쩡한 정신으로 지금 미친놈처럼 나의, 나 혼자만의 독백을 붓이 움직이는 대로 솔직하게 쓰고 있습니다. 당신과 함께 영원히 지내도록 하나님에게 기도합니다. 우리 가족이 함께 모여 살 수 있도록 나는 나의 모든 정열에 바라고 있습니다.

사랑합니다. 사랑합니다.

돈이 없어 죽겠습니다. 그러나 사랑은 돈이 아닙니다. 이것은 나의 무한한 유일의 재산이며, 영원한 당신의 것이올시다. 안녕히 주무십시오. 14일 아침에 대구에 떨어집니다.

12일 밤

박인환

34

나의 소중한 금생 ^{今生}

최인호 *

요즘 문득 느끼는 감정 중의 하나는 매일 아침 내가 새롭게 태어나고 있다는 느낌이다. 아침에 일어나면 어제까지 살아온 방법을 모두 잊어버린 사람처럼 하루가 낯설게 다가온다.

인생을 육십이 넘을 만큼 살아왔다면 사는 방법에 있어 나는 전문가라고 할 수 있을 것이다. 태어나서 지금까지 남들처럼 초등학교, 중고등학교, 대학교를 졸업하고, 연애도 하고, 결혼도 하고, 군대도 다녀왔다. 남들이 하는 것 이상으로 경험도 해보고, 아이도 낳고 키웠다. 식성도 까다로운 편이 아니어서 먹을 만한 음식은 웬만하면 다 먹어보았고, 수많은 친구도 사귀고 술도 많이 마셨다. 외국 여행도 남들보다 많이 해서 안 가본 데가 거의 없고, 신문에도 이름이 많이 났었다. 어찌된 일인지 화제의 중심에서 멀어

* 1945~2013. 소설가.

진 적이 없어 항상 뉴스의 초점이 되었으며, 우리나라 작가 중 나만큼 글을 많이 쓴 사람도 없을 것이다. 책도 많이 팔렸으며, 시쳇말로 돈도 많이 벌었다. 두 아이도 무사히 결혼시켜 부모로서 할 의무도 다 한 편이다.

그럼에도 불구하고 어느 날 아침 눈을 뜨면 갑자기 어제까지 살아왔던 인생의 방법을 모두 잊어버린 사람처럼 어리둥절해지고 당황할 때가 많이 있다.

마치 교통사고를 당해 잠시 뇌에 충격을 받아 식물인간이 되었다가 돌연 의식을 되찾은 것처럼 하루하루가 낯이 설다. 어쩌다가 아내와 둘이서 자장면을 먹을 때가 있다. 그럴 때면 문득 내가 먹는 자장면이 태어나서 생전 처음 먹는 음식처럼 느껴져서 두려워지기도 한다.

지금까지 먹은 자장면만 해도 아마도 수천 그릇은 될 것이다. 그런데도 자장면을 먹고 있으면 지금까지 한 번도 맛보지 못한 이상한 맛을 경험하는 것 같아 어리둥절해지곤 한다.

최근에 경험한 이상한 충격 중의 하나는 수염을 깎으면서였다. 나는 전기면도기로 수염을 깎는 것보다 항상 날이 선 면도칼로 수염을 깎는 것을 좋아하는 편이다. 외국으로 여행을 갈 때면 으레 호텔에서 일회용 면도기를 수집해 오는 버릇이 있다. 그래서 화장실 거울 앞에는 일회용 면도기가 수북이 쌓여 있다.

어느 날 아침 거울을 보면서 수염을 깎다 말고 갑자기 내가 지금까지 어떻게 수염을 깎았는지 그 방법이 떠오르지 않아 한참 동안 면도기를 들고 거울 속의 나를 바라본 적이 있다.

지금껏 나는 면도기를 들고 항상 수염이 난 방향의 반대쪽으로 깎아왔었다. 그렇게 되면 억센 수염의 뿌리가 날카로운 면도날에 의해서 잔인하게 베어져나가는 자극적인 쾌감을 느끼게 된다. 그 것은 남몰래 밀도살하는 정육업자가 짐승의 털을 깎는 것과 같은 아슬아슬한 스릴감마저 느끼게 한다. 잔인하게 수염을 깎고 나면 턱 근처엔 항상 칼에 베인 상처가 남게 마련이다. 더구나 일회용 면도기들은 조잡하게 만든 물건들이어서 수염을 깎고 나면 항상 입 근처에 상처를 남긴다. 한바탕의 밀도살이 끝난 후 스킨을 바르면 상처로 스며드는 미안수美顔水의 강렬한 자극이 느껴진다.

그런데 그날 아침은 어제까지 내가 깎아왔던 면도 방법이 문득 낯설게 느껴졌던 것이다. 나는 한참을 망설이다가 생전 처음 면도날을 수염이 난 방향을 따라서 결대로 밀어보았다. 그러자 놀랍게도 수염은 마치 익숙한 주부들이 사과껍질을 나이프로 정교하게 깎듯 부드럽게 깎여나가는 것이 아닌가.

그 순간 나는 어제까지의 수염 깎는 방법이 잘못된 것임을 알게 되었으며, 육십 평생 처음으로 제대로 된 방법으로 수염을 깎았다는 사실을 깨닫게 되었던 것이다. 그 이후부터 내 입가에는 면도날로 인한 상처는 더 이상 보이지 않게 되었다.

그렇다면 나는 도대체 어떻게 살아왔단 말인가. 수염을 깎는 매

우 사소한 일상사마저도 나는 제대로 된 방법을 모른 채 그저 하루하루 떠밀리듯 살아왔음이 아닐 것인가.

요즘은 거의 술을 마시지 않는데, 일부러 금주선언을 해서도 아니고 그저 술을 마시는 그 자체에 흥미를 잃었기 때문이다. 예전에는 잠이 오지 않으면 으레 한밤중에 일어나 아편중독자들이 혈관 속에 주삿바늘을 찔러넣듯 독한 위스키를 잔에 따라 서너 잔씩 들이켜고 잠들곤 했었다. 그러나 최근 어느 날 밤, 잠이 오지 않아 집 안 구석을 뒤져 위스키 병을 찾아낸 후 컵에 가득 술을 따른 후에도 나는 그것을 물끄러미 들여다보았을 뿐 마시지는 않았다.

한때는 나도 애주가였다. 저녁이면 으레 사람들과 어울려 술자리를 마련하였으며 황혼병처럼 해가 어두워지면 술을 마시지 않고 그냥 집으로 들어가는 것이 허전해서 무슨 핑계를 대서라도 술을 마시곤 했었다.

그런데 그날 밤 나는 컵에 위스키를 따라놓았으면서도 술 마시는 방법을 잊어버린 사람처럼 우두커니 앉아 있을 뿐이었다.

이게 무엇인가.

나는 위스키를 바라보면서 생각하였다. 한 번도 맛보지 못한 이상한 액체 하나가 불쑥 내 앞에 던져진 느낌이었다. 그래서 억지로 컵을 쥐고 한 모금 마셔보았는데, 몸서리치도록 그 맛이 쓰디썼다. 지금껏 한 번도 미각으로 경험해보지 못한 낯설고 혼란스러운 맛이었다. 그래서 나는 술 마시기를 포기하였다. 나는 다시 잠

자리에 누우며 생각하였다.

　그럼 어제까지 내가 마셨던 술은 도대체 무엇인가. 그것은 환상인가, 아니면 마법의 묘약인가.

　어쩌다 오후 늦게 커피 한 잔을 마시면 그날 밤 쉽게 잠을 이루지 못한다. 그럴 때면 나는 또 생각하곤 한다. 하루에 열 잔을 마셔도 눕자마자 잠들던 나는 도대체 어디 갔는가. 그것은 분명 나의 전신前身이었단 말인가.

　최근에 나는 아는 사람의 어머니가 돌아가셔서 고속열차를 타고 부산에 들렀다가 밤 열차로 집에 돌아온 적이 있었다. 서울에 도착한 것은 새벽 한시. 택시를 타고 집으로 돌아오면서 나는 차창 밖으로 스쳐가는 낯선 밤풍경에 공포를 느낄 만큼 충격을 받았다.

　비틀거리며 거리를 걸어가는 취객들, 택시를 잡기 위해서 위험하게도 도로 한복판으로 나와 손을 흔드는 사람들, 악마의 눈처럼 화려하게 명멸하는 네온의 불빛들, 남자들을 유혹하기 위해서 추운 날씨에도 짧은 치마를 입고 걸어가는 젊은 아가씨들, 그녀에게 다가가 유혹하며 수작 부리는 남자들. 그 모습을 바라보면서 유괴되어가는 인질처럼 나는 두려움을 느꼈다.

　한때 그러한 밤풍경은 내게 몹시 낯익은 모습들이었다. 나 자신이 매일 밤 그러한 야유회에 초대받은 사람으로 언제나 술에 취해 비틀거리면서 도시를 걸어다녔고, 때로는 골목길에 목을 꺾고 토하기도 했었다. 때론 집에 돌아오면 아내는 불평 섞인 바가지를 늙었으며, 나는 옷도 벗지 않은 채 잠자리에 송장처럼 눕기도 했었다.

그런데 오랜만에 본 밤풍경은 내게 생소하기 짝이 없는 이국적 풍경이었던 것이다.

어제까지의 사는 방법을 모두 잊어버린 나는 그래서 저녁 여섯 시면 서둘러 집으로 돌아온다. 집으로 돌아오는 그 방법만이 내가 가장 자신 있게 할 수 있는 행동이기 때문이다. 소파에 누워 텔레비전을 본다. 텔레비전을 보는 그 행동만이 내가 취할 수 있는 가장 자연스러운 행동이기 때문이다. 아들 녀석마저 장가를 보내 넓은 집에는 늙은 아내와 나뿐이다. 우리는 함께 텔레비전을 보고 아내가 한 밥을 맛있게 먹는다. 아내가 해준 밥만이 내가 안심하고 먹을 수 있는 일용할 양식이기 때문이다. 아내는 사과를 깎고 어떨 때는 감도 깎는다. 그 과일을 먹으며 나는 비로소 안심한다. 열시가 넘으면 우리는 서로 이별해 아내는 도단이의 방으로 들어가고, 나는 안방의 침대로 간다.

"잘 자요."

내가 말하면 아내는 대답한다.

"잘 자요."

어쩌다 밤에 잠이 깨면 나는 껍질을 벗은 애벌레처럼 우주의 낯선 별에서 혼자 잠든 어린 왕자와 같은 고독감을 느낀다. 그럴 때면 유령처럼 일어나 거실에 서서 아파트 창문 앞에 펼쳐져 있는 중학교의 운동장을 쳐다보곤 한다. 새벽 두시가 넘었어도 운동장에서는 젊은이들이 축구를 하기도 하고, 인근 아파트 주민들이 산보를 하고 있는 모습이 보인다. 그러한 모습을 바라보면서 나는 무인도에 갇힌 로빈슨 크루소처럼 언젠가는 나도 아내와 둘이 그 운동장을 손잡고 걸어보리라 다짐한다.

그럼에도 불구하고 1년 이상 그 운동장을 바라보기만 할 뿐 걸어본 적은 없다.

인생이란 짧은 기간의 망명이라고 플라톤이 말했던가. 나는 지금 그 망명지에서 손꼽아 유배기간이 끝나기를 기다리는 사형수와 같다. 내 전생前生은 이미 흔적도 없이 사라졌다. 나는 이제 금생에 살고 있다.

35

마음의 안식처, 보이지 않는 기둥*
—37년을 하루같이 살아온 당신에게

문익환**

이달은 내가 세상에 태어나서 63년 고개를 넘기는 달인 동시에 당신이 37년을 하루같이 나의 마음의 안식처요 보이지 않는 기둥이 되어준 결혼 37년을 맞이하는 달이군요. 비록 몸은 떨어져 있어도 마음은 어느 때보다도 가까운 것을 느끼고 있어요.

지난 6월 1일은 참으로 즐거웠소. 그 좋아하는 인절미를 많이 먹지 못해서 당신은 퍽 서운한가보지만 나는 그보다 사랑하는 사람들과 1시간 담소하는 즐거움이 너무 컸던 거죠. 당신은 37년 전보다 훨씬 더 충만한 아름다움을 나타내고 있었소. 37년 동안 우리는 결코 늙지 않았다는 것을 실감나게 해주었소. 늙지 않는 정도가 아니라 계속해서 쑥쑥 자라고 있구나 하는 것을 깨닫고 정말 기뻤

---

* 『문익환─청소년이 읽는 우리 수필 2』, 돌베개, 2003.
** 1918~1994. 목사, 시인, 사회운동가.

소. 이것이 모두 우리에게는 갚아도 갚아도 도저히 다 갚아낼 수 없는 사랑의 빚이 아니겠소? 그런데 당신과 나와의 지난 37년은 몽땅 내가 당신에게 빚지는 생이었죠. 당신이 아니었다면 나는 지금 없었을 거라고 믿고 있소. 당신은 몹시도 신경이 여린 나를 부드럽게 감싸주는 대지의 품이었다고 할지?

지난번 접견 때도 말했지만 파란 많은 민족의 63년 역사 속을 뚫고 걸어온 나의 생은 송두리째 사랑의 빚이라는 것을 고백하지 않을 수 없구려. 나는 훌륭한 부모님에게서 몸과 마음을 받고 그 그늘에서 구김살 없이 자랄 수 있었소. 너무나 좋은 스승들과 친구들, 형제들 사이에서 숨쉬며 꿈을 키울 수 있었고. 게다가 당신 같은 짝을 만나 좋은 아들, 딸을 두고 바우, 보라 같은 친손자, 문칠이 같은 외손까지 두고 너무나 깨끗한 젊은이들과 가슴을 맞대고 살아갈 수 있다는 것, 그리고 예수에게서 하느님의 외아들로서 어떻게 살아야 하느냐는 것도 배웠지요. 그리고 나의 마음을 깨끗하게, 튼튼하게, 아름답게 살찌워주는 많은 사상가, 문인, 예술인 들의 피땀 어린 업적들 또한 사랑의 빚이 아니겠소? 그러나 조금 있으면 배식이 될 콩밥 점심이 내 앞에 놓이기까지 애쓴 모든 사람들의 손길들을 거쳐서 오는 사랑의 빚을 나는 요즈음 더 절실히 느끼고 있어요. 그 갈퀴같이 굳어지고 터진 손길들 위에 나로서는 갚아낼 길이 없는 사랑의 빚을 갚아주십사고 목이 메어 기도하곤 하지요.

조 목사님은 지금 나의 생이 그 빚을 갚는 것이라고 했지만 어림도 없는 소리요. 이 겨레를 위한 나의 작은 고생은 이미 나에게 존경과 찬양으로 여러 갑절 되돌아왔으니까요. 빚만 더 진 셈이지요. 먹은 밥이 살로 가서 건강, 행복, 목소리, 마음, 생각, 뜻, 보람 있는 삶이 되는 것이 모두모두 복음이 아니겠소? 예수님은 마태복음 18장에서 나의 빚―내가 탕감받고 사는 사랑의 빚―을 1만 달란트라고 하셨더군요. 거기 비해서 내가 용서해주는 빚이란 기껏 1백 데나리온이라는 것이었소. 그것이 얼마만 한 차인가요? 현대 영어번역 TEV 성서는 1달란트를 1천 달러라고 번역했어요. 그때 로마의 화폐 가치를 오늘 미국의 돈으로 환산해서 번역한 거죠. 그런데 1달란트가 몇 데나리온이냐면 6백 데나리온이오. 그러면 1백 데나리온은 대략 150달러라고 보겠지요.

이렇게 예수님은 우리가 탕감받는 사랑의 빚은 1천만 달러인데, 그것을 용서받고 살면서 150달러 내게 빚진 사람을 용서 못한대서야 너무 야박하고 각박하지 않느냐고 말씀하시는 것입니다. 그러고 보면 주기도문의 죄의 용서를 비는 대목이 이해되는군요. 내가 150달러 용서해주었으니 나의 1천만 달러 빚을 용서해달라고 빌 수 있겠어요? 용서받지 않고는 살 수 없는 줄 알아 티끌 같은 빚이라도 용서해보았습니다. 이런 심정으로 용서를 비는 것이 아니겠어요? 땅 위에서 맺힌 매듭들을 용서로써 풀면서 살 때 하늘에서도 풀린다는 거죠.

오늘은 목요일, 하루 종일 용서를 빌면서 보내는 날, 우리 속의
모든 매듭들을 풀고 몸과 마음이 하나로 어울리는 기쁨을 주십사
고 비는 날이오. 이렇게 우리의 나날은 1천만 달러 빚을 지면서
150달러 빚을 벗겨주면서 용서하는 즐거움, 서로 푸는 즐거움으
로 채워야 하는 것이 아니겠소? 다만 감사할 뿐이지요. 또 한 해
그런 기쁨을 뿌리면서 살아봅시다. 정말 그날 뵈니까 아버님이 좀
부으신 것 같은데, 자세한 건강 진단을 받으셨으면.

성근이, 채원이 너무 말랐어. 나한테서 요가를 배워야 할 터인
데. 은숙에게 써야 하겠기 때문에 오늘은 이만.

36

친절한 사람과의 소통

박완서 *

지난겨울은 추위도 유별났지만 큰 눈은 또 얼마나 자주 왔는지. 나는 도시보다 기온이 삼사 도는 낮은 산골 마을에 살기 때문에 거의 한 달을 집에서 꼼짝 못하고 갇혀 지내다시피 했다. 나는 눈 공포증이 있다. 어머니가 눈길에서 가볍게 넘어지신 줄 알았는데 엉치뼈가 크게 부서지는 중상이어서 말년의 오륙 년을 집안에만 계시다가 돌아가신 후부터이다.

눈을 핑계로 외출을 삼가게 되니 책 볼 시간도 많아지고 밀린 원고 빚도 대강 갚을 수 있게 되어 오히려 다행이다 싶었지만 산에 못 가게 된 것은 여간 아쉽지가 않았다. 여러 가지 불편을 각오하면서까지 서울의 아파트를 벗어나 이 골짜기로 이사를 온 것은 순전히 산 때문이었다. 아차산은 등산을 즐기는 사람들이 도전하

* 1931~2011. 소설가.

고 싶을 만큼 높지도 험하지도 않다. 서울을 둘러싼 기품 있고 웅장한 명산과 비교할 때 더욱 그렇다. 그러나 나는 첫눈에 들었으니 아마 그 산세가 내 나이에 버겁지 않아 보였기 때문일 터이다.

　다음으로는 사람들한테 시달린 흔적 없이 청정해 보이는 것도 마음에 들었다. 어느 정도 만만하게 본 거였는데 사귀고 보니 그 안에 백제 산성과 근래에 발굴된 고구려의 보루성 터 등 적지 않은 유적지를 숨기고 있어 단지 훼손이 덜 된 자연 이상의 것, 백제 고려인의 웅혼한 기상과 옹골찬 정신의 맥을 굽이굽이 품고 있는 것처럼 심상치 않아 보이는 것도 이 산을 더욱 사랑하게 된 까닭이 되리라.

　능선에서 굽어보면 유유히 흐르는 한강이 마치 천연의 해자^{垓字}처럼 보여 왜 백제와 고구려가 거기를 차지하고 요새를 구축하고 싶어했는지 알 것 같다. 그러나 지금은 새해에 해맞이 능선으로 더 유명하고 그나마도 서울 쪽에서 많이 오지 구리 쪽에서 가는 사람은 많지 않다.

　우리 마을에서 오르는 길도 너덧 갈래가 되지만 내가 개발한 길은 1년 내내 아무하고도 안 마주칠 정도로 사람들이 안 다니는 길이다. 딴 길은 가다보면 약수터도 나오고 배드민턴장이나 암자도 나오는데 내가 다니는 길은 볼거리 없는 그냥 산길이다. 그 대신 하루도 같은 날이 없는 나무와 풀들, 새들과 다람쥐들을 눈여겨보게 된다. 사람들이 안 다니는 길은 꽃나무들이 온전하고 온갖 새들이 거침없이 지저귄다.

혼자 걷는 게 좋은 것은 걷는 기쁨을 내 다리하고 오붓하게 나눌 수 있기 때문이다. 내 다리를 나하고 분리시켜 아주 친한 남처럼 여기면서 70년 동안 실어나르고도 아직도 정정하게 내가 가고 싶은 데 데려다주고 마치 나무의 뿌리처럼 땅과 나를 연결시켜주는 다리에게 감사하는 마음은 늘 내 가슴을 울렁거리게 한다.

매일매일 가슴이 울렁거릴 수 있다는 건 얼마나 큰 축복인가. 그러나 산이 나를 받아주지 않으면 이런 복을 어찌 누릴까. 눈 온 산이 아니더라도 산에는 평지와 다른 위험이 늘 도사리고 있다. 그래서 오늘도 이 노구^{老軀}를 받아주소서, 산에 기도를 드리게 되는 것도 울렁거림과 함께 차분한 경건을 맛볼 수 있는 기회이다.

하루는 산에서 열쇠를 잃어버렸다. 오르는 길에 땀이 나서 재킷을 벗었는데 아마 그때 열쇠가 떨어진 듯했다. 집에 와서야 그 사실을 알았다. 워낙 문단속이 허술한 성격이라 현관문은 안 잠그고 대문만 잠갔는데 대문 또한 허술하여 밖에서 팔을 안으로 넣어 열 수 있게 되어 있어 집에 들어오는 데 지장은 없었다. 그래도 시간 걸리는 외출을 하려면 문단속을 안 할 수가 없겠기에 오던 길을 되짚어 가서 찬찬히 살펴보았지만 못 찾았다. 그후 며칠은 산에 갈 때마다 발밑만 보고 걸어도 어디 꼭꼭 숨었는지 눈에 띄지 않았다. 자식들한테 준 스페어 열쇠를 회수해서 문단속을 제대로 하게 된 후 비로소 발밑을 살피는 일에서 해방이 되었다.

다시 한눈을 팔 수 있게 되었을 때 내 열쇠가 바로 길가 내 눈높이 나뭇가지에 걸려 있는 걸 발견했다. 누군가가 주워서 그렇게 눈에 잘 띄게 걸어놓았을 것이다. 그 산책길은 나 혼자만의 길이 아니었던 것이다. 그 길은 내가 낸 길도 아니었다. 본디부터 있던 오솔길이었으니 누군가가 낸 길이고 누군가가 현재도 다니고 있어서 그 길이 막히지 않고 온전한 것이다.

길은 사람의 다리가 낸 길이기도 하지만 누군가의 마음이 낸 길이기도 하다. 누군가 아주 친절한 사람들과 이 길을 공유하고 있고 소통하고 있다는 믿음 때문에 내가 그 길에서 느끼는 고독은 처절하지 않고 감미롭다.

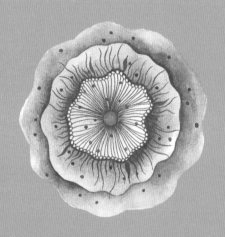

37

보미사 꼬마와 신부님 *
―어린이날에 생각나는 일

정진석 **

어렸을 때에는 아침 기도와 저녁 기도 바치는 것이 영 싫었다. 그러나 기도를 궐하는 날에는 어머니의 회초리 신세를 져야 하고 때로는 밥마저 굶게 될 염려가 있었다. 그러니 기도 바치는 시늉이라도 하고 있어야 했다. 그래서 성당에 갔다. 집에 꿇어앉아 있는 것보다는 성당에 가서 일어섰다 앉았다 하는 편이 덜 지루해서였다. 그런데 미사 구경하는 것도 곧 진력이 났다.

회장님만 혼자서 기도문을 보시는데 어린 꼬마가 그 뜻을 알아들을 리가 없고 잠잠히 앉아 있자니 좀이 쑤셨다. 그래서 이왕이면 다홍치마라고 제대에서 왔다갔다 으스대는 보미사(미사를 지낼 때 사제를 도와 시중을 드는 사람. 복사의 옛말)를 하겠다고 나섰다.

* 「가톨릭시보」, 1966. 5.
** 1931~. 추기경.

노 대주교님이 당시 보좌 신부님이셨는데 보미사 경문을 우물쭈물 외우는 녀석을 복사단에 넣어주셨다. 지금 생각하면 그 당시 복사하면서 외우던 라틴어 경문은 단 한마디도 제대로 된 것이 없었다.

초등학교 시절 동안 명동 주교좌성당에서 여러 신부님들의 보미사를 했었다. 특히 신부님들의 피정 때면 미사 세 대 혹은 네 대씩 복사를 해야 했다. 때로는 꾀가 나서 미사를 빨리 드리는 신부님들만 골라서 복사하겠다고 복사들끼리 다투기도 했다.

그렇게 여러 신부님들의 복사를 하면서 신부님은 이 세상에서 가장 훌륭한 분이라고 생각했다.

'흉하다'느니 '더럽다'느니 '나쁘다'느니 등등의 낱말은 신부님들과는 전연 상관없는 것으로 완전히 믿었다. 그 많은 신부님들 중에 '지저분하다'고 보일 만한 것은 단 하나도 하시는 것을 보지 못했다. 꼬마의 생각에 신부님은 천사보다 아주 조금만 낮은 분이라고 생각한 것도 당연하다.

그래서 나도 신부가 되겠다고 생각했다. 그러니까 내가 지금 신부가 된 것은 아침·저녁 기도를 궐할 때 맞는 어머니의 회초리가 무서웠기 때문이요, 또 여러 신부님들이 꼬마 눈에 황홀한 말씀이나 표정, 행동만을 보여주셨기 때문이다.

그래서 나는 지금도, 특히 복사 꼬마들만 보면 나를 살피느라 진땀을 뺀다.

38

코스모스를 생각한다

유홍준[*]

가을이 깊어간다. 아침이면 벌써 냉기가 몸속으로 스며들고, 천지에 요란하던 풀벌레 소리도 이미 끊어졌다. 먼산은 높은 곳부터 단풍을 물들여 내려오고, 길가의 가로수는 겨울 채비를 위해 나뭇잎을 떨구며 감량을 시작한다. 이 쓸쓸한 계절에 그래도 우리의 마음을 달래주는 것은 가을꽃이다. 가을 산의 청초한 들국화와 해묵은 고가古家 장독대의 국화꽃에는 어릴 때 친구를 만난 듯한 반가움이 있다.

옛사람들은 국화꽃을 무척 좋아했다. 고려 상감청자 찻잔에 가장 많이 나오는 문양 중 하나가 국화꽃이며, 조선 청화 백자 중에

[*] 1949~. 미술평론가, 미술사가.

는 들국화를 그린 명품이 많다. 옛 문인들은 국화를 즐겨 노래했다. 다산 정약용은 강진 땅에 유배온 지 10여 년 되던 어느 가을날 "우리집 가까이 있는 심씨네 뜨락에는 해마다 국화꽃이 종류별로 48종이나 피었었지"라며 회상의 시를 읊고서는 "비 오는 이 가을날 다산의 초부樵夫는 눈물을 흘리며 이 글을 쓴다"라고 끝내 울음을 터뜨렸다.

그런데 현대인들은 국화꽃에서 좀처럼 그런 시정詩情을 느끼지 못하고 있다. 한 친구가 아파트 베란다에 노란 국화, 흰 국화 화분을 늘어놓았더니 아내는 꼭 상가喪家 같다고 투정하더란다.

현대인에게 국화 대신 가을날 서정을 북돋워주는 것은 코스모스다. 길가에 피어 있는 코스모스는 가을의 여정旅情을 일으키는 우리 국토의 표정이 됐다. 가을걷이를 시작하는 누런 들판과 어우러진 도로변의 코스모스가 여린 바람에도 몸을 가누지 못하고 흔들릴 때면 애잔한 감상조차 일어난다. 그래서 코스모스를 노래하는 것은 소녀 취미로 돌리고 사나이 대장부들은 모름지기 코스모스의 아름다움을 감춘다.

나는 올해 만주땅 압록강변에서 가을을 맞았다. 그곳 들판의 길가에도 코스모스가 만발해 있었다. 고구려의 첫 도읍지인 환인桓因의 오녀 산성으로 오르는 길, '선구자'의 고향 해란강가 일송정으로 가는 길, 그 모두가 코스모스 꽃길이었다. 그래서 만주땅은 내게 조금도 낯설지 않았고, 더욱더 잃어버린 고토故土처럼 다가왔다.

그런 코스모스이건만 정작 이 꽃은 우리의 재래종이 아니라 멕시코가 원산지인 외래 식물이다. 코스모스가 이 땅에 뿌리내린 것은 불과 1백 년밖에 안 된다고 한다. 그래서 최순우, 이태준 같은 지난 세대의 안목들은 코스모스의 아름다움 앞에 '이국적인'이라는 단서를 달고 가을꽃으로 억새나 과꽃을 더 높이 쳤다. 그러나 불과 3백 년 역사의 고추가 우리 음식의 상징이 된 것처럼 코스모스도 어느새 어엿한 귀화 식물이 됐다.

식물학에서 말하기를 외래종이 들어오는 것은 우리의 토양이 약할 때라고 한다. 우리 토양이 강하면 아무리 힘센 외래종도 이 땅에 뿌리를 내리지 못한다는 것이다. 미국자리공처럼 못된 외래종이 요즘 판치는 것은 마구잡이로 땅을 파헤쳐 생땅이 곳곳에 드러나면서 황무지 현상을 일으켰기 때문이다. 그러나 토양을 다시 안정시키면 재래종이 결국 외래종을 이겨낸다니 우리는 나쁜 외래종을 물리치기 위해선 우리의 토양을 굳게 지켜야 할 일이다.
그러나 외래종이 다 나쁜 것은 아니다. 외래종이 들어옴으로써 우리의 식물 분포에 다양성도 생긴다. 코스모스가 우리나라에 들어온 것은 신작로 공사가 한창일 때였다. 땅을 갈아 길을 닦으니 길가는 생토로 드러날 수밖에 없었고, 이 황폐한 이 자리에 멕시코의 메마른 땅을 원산지로 둔 코스모스가 자리잡게 된 것이다. 지금도 고속도로건 국도건 차도변에 코스모스가 무리지어 피어 있는 이유가 여기에 있다.

같은 외래종이지만 미국자리공은 재래종을 고사시키면서 자기 자리를 차지하지만, 코스모스는 재래종이 감당하지 못하는 빈자리를 채워주고 있는 것이다. 그런 외래종이라면 우리는 얼마든지 사랑하게 된다. 더욱이 코스모스처럼 어여쁜 꽃임에야. 그리하여 이제 우리 강산의 가을날에는 산에는 들국화, 뜨락에는 국화꽃, 길가엔 코스모스로 어우러지며 '코스모스(조화)'를 이루고 있다. 코스모스의 이런 정착 과정을 보며 나는 항시 외래문화의 토착화라는 거대 담론의 실마리를 생각하게 된다.

39

한식일

이효석 •

한식날 묘를 다스리고 돌아와 목욕재계하고 고요히 앉으니 눈물이 또 새로워진다. 사람은 이 더운 눈물을 가진 까닭에 슬픔을 단적으로 표현할 수 있고 그럼으로써 무한한 슬픔을 얼마간 덜어 버리는 것인 듯도 하다.

자란 사람의 울고 있는 양을 아무도 보고 있지 않음이 다행인지 불행인지 모르겠다. 무진장으로 흘러내리는 눈물은 얼굴과 심정을 어지럽히는 것이요, 그칠 줄 모르는 눈물은 귀하고 아깝기도 하다. 눈물은 슬픔을 맑게 하고 깊게 한다.

아내를 잃은 지 석 달에 비 오는 날이 가장 견디기 어렵다. 비는 사람의 마음을 모방하려는 것이다. 마음속에 비가 오듯 비도 오는

• 1907~1942. 소설가.

것이다. 모든 것을 적시고 속으로 깊이 배어든다. 눈물 뒤에 슬픔은 한층 깊고 날카롭게 속으로 파고든다.

인생은 쓸쓸한 것─깊고 쓸쓸한 것이라는 생각을 나는 가장 행복스런 순간에도 느껴왔으나 사랑하는 사람을 잃은 뒤에 이 생각은 더욱 처량하게 마음속에 뿌리박히게 되었다. 인생은 정작은 쓸쓸한 것이니라. 깊고 외로운 것이니라. 그러나 어쩌는 수 없는 노릇이다. 그저 그러라는 마련이니까.

시인인 동무는 조문에다가 "우리에게 이상이 있다면 그것은 슬픔을 위하여 살아야 하는 것이외다"라고 적어 보내왔다. 뭇 위로의 글 중에서 이것이 가장 마음에 배어서 잊혀지지 않는 한 구절이다. 경건한 마음이요 높은 해오^{解悟}다. 나도 이것을 믿는 수밖에는 도리가 없다. 어쩌는 수 없는 노릇이니까.

마음의 마지막 다다름이 슬픔인가보다. 날이 맞도록 슬픔을 마음속에 응시하고 있노라면 별수없이 나중에는 바닥이 넝마같이 가라앉고야 만다. 저으면 일어났다가 오래되면 다시 가라앉는다. 결국은 영원히 바닥에 남는다. 마치 진하지 않은 정감의 원소인 듯이도.

남의 죽음을 들을 때에나 소설의 죽음을 읽을 때에는 슬프면서도 한구석으로 한 가닥의 안도의 오솔길이 준비되어 있는 법이다. 아직도 내게는 무관하거니 해서. 그러나 몸소 이것을 당할 때 커다란 바위에나 눌리운 듯 벌써 도망의 길이 없다. 무쇠몽둥이로 후려갈기운 듯도 하다.

죽음같이 무자비하고 고집스런 침묵이 없다. 세상에 절대가 꼭 하나 있다면 곧 이것이리라. 유기체는 왜 반드시 분해되어야 하는지 애달픈 일이다.

절대의 침묵 앞에서는 환상도 하잘것없다. 불귀^{不歸}의 사실을 알면서야 추억과 꿈이 무엇하자는 것이랴. 내게 만약 기도를 드리는 습관이 있었고 부활을 믿는 믿음이 있었다고 하더라도 슬픔을 지울 수 있을 것인가. 보고 만질 수 있는 것만이 사랑이다. 추억은 한층 안타깝고 서글플 뿐이다. 한 가지의 진정제가 있다. 그것은 다시 유기체의 운명을 생각함이다. 현재 아직도 땅에 남아 있는 누구나를 말할 것 없이 모두 반드시 필경은 작정된 그 길을 떠나야 됨을 생각함이다.

물론 나도 가야 할 것이다. 모든 인류의 세대가 차차 차차 그 뒤를 따를 것이다. 영원히 어두운 그 속에 절대의 침묵을 지키면서 간 사람과 함께 눕게 될 것이다. 그 총결산의 시간까지 짊어지고 가야 할 세금이 슬픔이다.

나는 죽음에 대해 얼마간 대담해졌는지도 모른다. 그러나 그지 없이 답답한 마음을 가라앉히고 간 사람을 위로하려면 이것을 생 각하는 수밖에는 길이 없는 것이다.

1941년 4월 11일

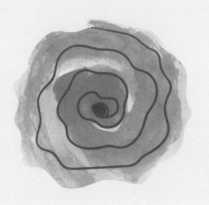

40

루시 할머니[*]

장영희[**]

가끔 우리는 '운명의 장난'이라는 표현을 쓰는데, 이는 예기치 않았던 어떤 일로 말미암아 엉뚱한 일이 발생하거나 우리의 의지와 상관없이 삶의 행로가 바뀔 때 사용하는 말이다.

예를 들어 이북에 두고 온 남편을 오랜 세월 동안 기다리다가 결혼하니 바로 다음날 남편이 찾아왔다든가, 이제껏 자식으로 알고 키웠던 아이가 후에 보니 출산시 산부인과에서 바뀐 다른 사람의 아이였다든가 하는 것은 '운명의 장난'이라고 할 수밖에 없을 것이다. 또 이와 같이 소설 속에나 나옴 직한 극적인 예가 아니더라도 여자친구 모르게 다른 여자와 극장에 갔는데 바로 극장 앞에서 여자친구와 맞닥뜨린다든가, 무심히 발밑의 돌부리를 찼는데 하필이면 지나가던 선생님의 머리에 맞았다든가 하는 등 일상에

● 『살아온 기적 살아갈 기적』, 샘터, 2009.
●● 1952~2009. 수필가, 영문학자.

서도 '운명의 장난'에 해당하는 예는 허다하다.

2001년 5월 23일 한국의 모 일간지에는 '장영희 교수의 미국에서의 작은 승리'라는 타이틀과 함께 보스턴에서의 나의 '무용담'이 보도되었다. 기사에는 내가 살고 있는 7층 아파트 건물의 하나밖에 없는 엘리베이터가 고장이 나서 꼭대기 층에 사는 내가 3주일간 행동이 자유롭지 못했고, 그래서 내가 이 아파트를 관리하는 부동산 회사에 정상적인 학문 활동과 사교 활동을 할 수 있도록 다른 아파트로 옮겨달라고 하자 부동산 회사가 법적인 책임이 없다는 이유로 거절했으며, 그때부터 나와 보스턴 최대 부동산 회사와의 싸움이 시작되었다는 이야기, 그리고 이 일이 미국의 주요 일간지인 〈보스턴 글로브〉의 수도권 뉴스 1면에 '미국 장애인들의 귀감이 된 동양에서 온 어느 장애인 여교수의 투쟁'이란 제목의 톱기사로 보도되었고, NBC TV에서 나를 인터뷰하여 저녁 뉴스 시간에 내보냈다는 이야기, 그래서 결국은 부동산 회사가 자신들의 잘못을 인정하고, 약간의 보상과 함께 앞으로 장애인 세입자에 관한 특별한 배려를 약속했다는 내용이 담겨 있었다.

사실 실제로 위의 일이 일어난 것은 한 달 전이었으나 뒤늦게 국내 일간지에서 〈보스턴 글로브〉의 기사를 발견하고 기사로 다룬 것이다. 이 기사가 나가고 나서 나는 다시 한참 동안 팔자에 없는 '유명세'에 시달렸다. 여러 사람들이 격려 메시지를 보내왔을 뿐만 아니라 거액의 보상금을 받게 될지도 모르는데 왜 부동산 회사를 정식으로 고소하지 않았는지 등, 여러 가지 일들을 궁금해했다. 하지만 막상 나는 다른 일도 아닌 고장난 엘리베이터 때문에 '국제적'으로 매스컴을 탔다는 것이 좀 민망스러울 뿐더러, 뒷간 갈 때 마음과 나올 때 마음이 다르다더니 그때만 해도 그렇게 안타깝고 속상하던 사건이, 다시 엘리베이터가 정상화되고 일상으로 돌아오고 나니 아득한 꿈처럼 느껴질 뿐이다.

그래서인지 신문 기사들이 다루는 '사실적' 엘리베이터 사건보다 내 마음에 더 깊이 남아 있는 사건은 엘리베이터가 고장난 것을 계기로 루시 메리안 할머니와 만나게 된 일이다. 루시 할머니는 같은 아파트에 사는 80세쯤 되는 노인인데, 한번은 층계를 천천히 한 계단씩 올라가는 나를 보고 너무 안타까운 나머지 911 구조대(미국의 119)에 신고를 했다. 곧 한적한 거리에 커다란 소방차 두 대가 사이렌 소리도 요란하게 나타났고, 온 동네 사람이 다 쳐다보는 가운데 구조대원 네 명이 나를 작은 소방용 의자에 앉혀 가마처럼 7층까지 들어올렸다.

그 이후 내가 외출했다 돌아올 때면 4층에 있는 할머니의 아파트는 종종 나의 중간 쉼터가 되어주었다. 함께 사는 조카가 출근하고 나면 안 그래도 말벗이 필요했던 할머니는 내가 갈 때마다 간단한 음식까지 내놓고 많은 얘기를 했다.

할머니는 말버릇처럼 아주 하찮은 일에도 '운명의 장난으로 by twist of fate'라는 말을 자주 했는데 예를 들면 '운명의 장난으로' 자기가

오랫동안 기다렸던 드라마를 보려는데 마침 그때 중요한 전화가 걸려오는 바람에 보지 못했다든가, 같이 사는 조카가 시금치를 사러 갔더니 '운명의 장난으로' 그날 따라 시금치가 떨어졌다든가 등등, 좀 우스운 일에까지 '운명의 장난'을 갖다붙였다.

루시 할머니는 이 아파트에서 30년 이상을 살고 있지만, '운명의 장난으로' 엘리베이터를 사용하지 못한다고 했다. 젊었을 때 엘리베이터 걸이었던 할머니는 어느 날 갑자기 엘리베이터 문이 닫히는 순간 숨이 막히면서 다시는 그 네 벽 속에서 빠져나오지 못할 것 같은 지독한 공포에 휩싸였고, 그후 좁은 공간에 가기만 하면 가슴이 조여오는 협소공포증이 생겼다는 것이다.

이제는 거동마저 불편해져서 엘리베이터를 못 타는 게 여간 불편하지 않지만, 외출을 아예 않거나 꼭 해야 하면 여전히 층계로 다닌다고 했다. 엘리베이터를 못 타게 된 '운명의 장난'에 대해 탄식조로 말하던 그녀가 갑자기 생기를 띠며 말했다.

"그런데 영희, '운명의 장난'은 항상 양면적이야. 늘 지그재그로 가는 것 같아. 나쁜 쪽으로 간다 하면 금방 '아, 그것이 그렇게 나쁜 건 아니었군' 하고 생각하게 만드는 좋은 일이 생기거든. 협소공포증이 생겨 엘리베이터 걸을 그만두고 나서 나는 정원 장식용품 가게에 점원으로 취직했고, 거기서 죽은 우리 남편을 만났지. 재작년 그 사람이 죽을 때까지 우린 53년을 같이 살았어. 남편을 만난 건 내 삶에서 가장 큰 축복이었어."

안식년을 맞아 몸과 마음을 좀 '안식'하기 위해 이곳에 온 내게 엘리베이터 사건 자체는 나쁜 '운명의 장난'에 속하지만, 그 일로 인해 나는 루시 할머니를 만났고, 가마 타고 7층 꼭대기까지 올라가는 호사도 누려보았고, 이 세상에 참 좋은 사람들이 많다는 것을 새삼 다시 깨달았고, 또 이렇게 함께 나눌 수 있는 이야깃거리가 생겼으니 루시 할머니의 '지그재그' 운명론이 실제로 증명된 셈이다.

뭉클

신경림 시인이 가려 뽑은 인간적으로 좋은 글

1판 1쇄 발행 2017년 4월 5일
1판 5쇄 발행 2020년 7월 17일

지은이 최인호 · 신영복 · 김수환 · 법정 · 손석희 · 이해인 외 34명
엮은이 신경림

펴낸이 정중모
펴낸곳 책읽는섬

출판등록 1980년 5월 19일(제406-2000-000204호)　　**주소** 경기도 파주시 회동길 152
홈페이지 www.yolimwon.com　　**전화** 031-955-0700　**팩스** 031-955-0661
전자우편 editor@yolimwon.com　　**인스타그램** @yolimwon

* 책읽는섬은 열림원의 임프린트입니다.
* 저자와 출판사의 서면 허락 없이 내용의 일부를 무단 인용하거나 발췌하는 것을 금합니다.
* 이 도서의 국립중앙도서관 출판예정도서목록은 서지정보유통지원시스템 홈페이지(seoji.nl.go.kr)와 국가자료공동목록시스템(nl.go.kr/kolisnet)에서 이용하실 수 있습니다. (CIP제어번호: CIP2017005326)
* 책값은 뒤표지에 있습니다. 잘못된 책은 구입하신 곳에서 교환해 드립니다.

ISBN 979-11-88047-02-4 03810

이 책 본문에 쓰인 그림들은 모두 적법한 절차에 따라 shutterstock과 계약을 맺은 것들입니다.